LES GRÉVEUSES

ROMUALD GADEGBEKU

LES GRÉVEUSES

roman

BERNARD GRASSET
PARIS

Photo de la bande : JF Paga.

ISBN 978-2-246-84100-5

À Afiwoa

1.

Ils se croient grands les fils à Rita. Après son repas, elle va voir la chambre dérangée de Loïc et Christian. Lits superposés défaits, feuilles volantes dispersées et raturées de rouge, chaussettes ou slips qui traînent, des cadavres de sucreries, et un haltère qui a roulé. Des cahiers et des manuels scolaires ont aussi été abandonnés par terre. Rita se précipite sur la fenêtre fermée depuis au moins vingt-quatre heures, l'ouvre, et respire un bon coup.

Au milieu du désordre, son regard s'attarde sur la PlayStation 4 posée sur le meuble. Elle s'assoit en face, sur le lit du bas, celui de Christian. Où est posée une manette noire qu'elle caresse. Le plastique froid flotte dans sa paume moite. Avant cette console, il y en avait eu une autre, et avant une autre encore. Malgré sa bourse trouée, c'est l'un des sacrifices que Rita est prête à consentir. Elle se renseignait toujours sur la sortie de la prochaine console de Sony. Et c'était 20, 10, 5, 30 euros mis de côté dès que possible. L'investissement était soigneusement préparé, et la surprise tomberait bientôt pour les gosses. Car elle déléguerait à cette machine assemblée au Japon un peu de sa tâche. Machine magique qui peut garder Christian et Loïc à la maison plus de dix heures d'affilée sans qu'elle ait eu à gronder. Une sœur qui donne la main à ses fils en attendant qu'elle rentre, et les garde du dehors et de ce qu'elle imagine qui pourrait s'y passer pour des garçons comme eux. La violence. La délinquance. La police et sa violence. Elle en a peur. La PlayStation embauchée comme garde d'enfants, c'était venu d'instinct. Cette console-là commence un peu à dater. Elle se débrouillera pour la suivante.

Ils étaient passés du ventre au dos en moins de deux, puis vite sur deux pattes. Loïc s'éloigne déjà du pagne de sa mère. Christian est devenu encore plus grand depuis qu'il a fini le collège. Pourtant, hier encore, elle l'appelait Dossier. Le petit garçon ne pouvait s'endormir que sur le dos à Rita. Dessus, il suait, riait, vibrait en même temps que maman. Dès que la mère passait le seuil de l'appartement, il réclamait son dos. Les négociations se déroulaient dans un dialecte de gémissements suivis de pleurs auxquels la mère finissait toujours par céder. Dossier squattait son dos même pendant les tâches ménagères. Rita plongeait sa serpillière dans l'eau sale avec le petit sur le dos. Elle se baissait, briquait, balayait l'appartement tel un être hybride : deux têtes, quatre bras, quatre jambes, dont une moitié croissait, et l'autre se fanait, mère et travailleuse, en même temps. Malgré les secouements dus aux besognes, le petit était bien sur le dos de maman. Il y restait jusqu'à la tombée de la nuit, ensuite Rita le déposait dans son lit, mais si par malheur il ouvrait les paupières et se rendait compte qu'il n'était plus sur le dos de maman, il pleurait-hurlait pour l'appeler. Alors la mère lui redonnait son dos, et il pionçait illico. C'est l'oreille droite qu'il posait sur le dos de maman, il faisait un bruit gluant et mou en s'aspirant l'intérieur des joues. Il était prêt à roupiller. Sa berceuse, c'était le cœur à Rita qui battait encore des efforts de sa journée. Il aimait la chaleur du dos de sa mère et la chaleur du wax sur son dos. Quand il en glissait, elle se pliait tel l'angle d'une équerre et resserrait son pagne, c'était mieux. En y repensant, elle se dit qu'elle serait incapable de les porter aujourd'hui. Son corps craquelé ne les supporterait plus. Christian avait dormi sur son dos six ans durant. Jusqu'au CP. À la fin, ses longues jambes traînaient presque par terre. Ça faisait tousser de rire les tanties, les copines, les cousines, les collègues. Et quand Rita veut lui rappeler qu'il est encore un bébé, ô chéri coco, surtout un fils, elle l'appelle Dossier. *Dévi nyo you amagan yoyo*, Les fils c'est mieux que les hommes, elle dit.

Rita prend la manette, et la pose sur le meuble à côté de la console. Elle fait les lits des fils, et gémit de douleur en pliant ses vieux genoux pour ramasser les objets éparpillés par terre. C'est toujours les mêmes génuflexions, hurlent ses rotules. À l'église. À l'hôtel. Au travail. Ou lèvres écartées devant le machin de l'homme parti. Rita se redresse en serrant les dents comme pour croquer. Elle classe les feuilles volantes. Empile les livres sur le bureau. Plie les vêtements froissés. Attrape les emballages de sucreries. Balai. Serpillière. Pour un court moment, l'ordre est rétabli dans la chambre des garçons.

Allongée dans le canapé du salon, elle regarde d'un œil *Les Reines du shopping*, les grains de son chapelet dans une main. Dans la touffeur de cet après-midi de début d'été, des perles de sueur pointent sur sa gorge. « Seigneur Dieu, protège-les, dedans comme dehors, fais-les réussir à l'école, protège-les dans la cité », elle répète entre chaque récitation de ses mystères glorieux. Dans la tévé, des femmes font vite pour acheter des tenues colorées. Elles défileront plus tard sous l'œil juge de Cristina Córdula pour savoir lesquelles sont les plus belles. Rita l'a compris. Plus ils grandissent, moins elle peut les protéger. Soudain, elle bondit du canapé comme si on lui avait pincé le derrière, et va à la fenêtre.

On entend l'heure de la sortie d'école. Rita est attirée à la fenêtre par les vibrations de leurs voix de mères. Elles rient, s'embrassent, et échangent sous les cui-cui-cui de leur progéniture. Elles s'étaient pressées pour s'offrir le luxe d'attendre devant l'école, à terminer leurs tâches toujours plus vite. Éreintées, leurs voix brûlantes les maintiennent éveillées, et en réveillent d'autres. Des chuchotements, des bruits de gorge, des bouts de mots, et des rires se hissant jusqu'à son quinzième étage. Elles attendent que les vertes grilles s'écartent et libèrent leurs enfants. Les spectatrices appelées deviendront actrices en sortant de l'ascenseur ou de la cage d'escalier. Drôles de coulisses. Le décor lui ne change pas. L'école a toujours sa façade décrépie et ses briques rouges et fendillées. Devant, ces femmes continuent de chanter. Elles ont du futur plein la bouche. Pour les gosses. Pour elles. Demain sera mieux qu'hier, c'est sûr. Elle aussi y croit. Rita entend l'appel. Elle s'habille en vitesse. Dans la précipitation, elle oublie presque de mettre sa perruque. Puis descend chercher Loïc.

Dans la cohue devant l'école, elle salue une maman dont le fils traîne souvent avec Christian. Les enfants sortent en nombre, se bousculent. Des petits bras qui gigotent et des petites jambes qui sprintent dès qu'elles passent le vieux grillage. Loïc, lui, marquis de cour de récré, prend son temps. Le poids de son gros cartable semble le menacer d'une chute à tout moment. Rita sait qu'il l'a vue, mais le petit fait semblant de l'ignorer. Il slalome entre les gens, et se dirige vers leur bâtiment. Rita attrape la poignée de son cartable et lui sourit.

— Mais pourquoi tu viens me chercher ? J'peux rentrer seul, seul, seul, gémit Loïc.

Rita humecte son pouce de salive, et avec efface les traces de terre sur le visage du petit qui tente d'échapper à l'étreinte baveuse. Il jette des coups d'œil autour d'eux comme pour s'assurer que personne ne les regarde.

— T'as faim ? On va à la boulangerie, dit Rita.

— J'pouvais rentrer seul, continue de chigner le garçon.

— Regarde-moi sa tête là, profite, je serai pas toujours là.

2.

Des susurrements d'incantatrices s'élèvent devant les portes de l'hôtel. C'est une question. C'est une réponse. C'est un tchip. Et quelques éternuements aussi. Autour des palabres, le vent lourd de ce matin de juin tourbillonne. Rita apaise son palais qui démange en le caressant à coups de langue. Cette nuit elle se gênait moins. Grrr ! Grrr ! Grrr ! Elle se grattait en contractant le ventre et en poussant des cris. Des bruits de scie égoïne sortaient de sa gorge en feu. Ça a perturbé son insomnie. Le début de ses allergies d'été coïncide avec le début de leur grève. Elles sont de sortie comme ces graminées violettes, rouges ou vertes. Mauvaises herbes envahissantes ou insaisissables beautés qui ondulent, gonflent, et courent. Ça dépend à qui sont les yeux et surtout à qui appartient le jardin.

Les voix du piquet de grève s'échauffent dans la palabre. À l'ombre du gris bâtiment où elles travaillent habituellement, sur la petite place au trottoir rénové par des mains noires : une table abîmée, des drapeaux rouges, et plein d'espoir que ça change. Pour ça, elles s'apprêtent à faire du bruit. Des cartons portent des slogans : « TOUJOURS SOUS-PAYÉES PAR MYRIAD » ou « JUSTICE ET DIGNITÉ ». Sur un drap couleur blanc sale est inscrit en lettres rouge sang « SOUS-TRAITANCE = MALTRAITANCE ». Autour de la vieille table sont disposés des instruments prêts à être percutés : caisse claire, tambourin, djembé, et une enceinte. Les femmes de chambre arrivent une à une. Ce n'est que leur troisième jour de grève. Les cous se tordent dans tous les sens et se demandent où est Amado, le syndicaliste. Il est en retard. Malgré leurs courbes, sans lui, les gréveuses se sentent toutes frêles au pied de ce qu'elles appellent leur hôtel. L'Inside et ses dix étages, debout, long, droit, dur, tendu, dont les portes coulissantes accueillent encore des clients.

Rita aussi se promène d'un pas hésitant sur le piquet. Ses yeux sont attirés par les instruments, puis non, vont vers les cartons. Elle ressent encore ce moment d'appréhension face à l'incertitude de ces journées de grève. Au milieu d'un tumulte qui n'a pas encore commencé. Grande Aminata la sort de ses pensées en lui montrant le fond d'un sachet Lidl. Rita y plonge la main, en ressort un beignet luisant. Boule de farine frite et bien sucrée, bien bien huileuse dont Grande a le secret. Rita se rappelle alors que son thermos est dans son sac, et *etigbe* gardé brûlant dedans, une infusion de citronnelle venue du pays et qui éloigne les allergies, la diarrhée, la tension, la migraine, la déveine, les hémorroïdes, et d'autres trucs aussi. Grande met un coup de menton dans le vent en apercevant le visage de

Rita, comme si elle était satisfaite de son effet. Aminata ne sait pas le français, elle parle avec ses gestes empreints de douceur et d'autorité.

Sur les dix-sept gréveuses de l'Inside, seule Aminata est plus ancienne que Rita. D'elle, on dit qu'elle est née en « dix-neuf-cent-longtemps » parce qu'elles ne savent pas vraiment son âge, le jais de sa peau ne laisse rien deviner. Et Grande gonflée de secrets ne veut pas dire. Sa jambe droite qu'elle traîne lourdement au sol raconte néanmoins l'ancienneté. Faut la voir se contorsionner pour nettoyer les recoins de sa chambre.

Au début, c'est Aminata qui déjà avait montré à Rita comment faire ses chambres sans perdre de temps. À l'époque, elles se coltinent le cinquième étage à deux. Dans le couloir, Rita marche derrière Grande en traînant des pieds pour ne pas la dépasser. Pas sûr que l'étroitesse de ce couloir le lui permette de toute façon. En regardant son ample silhouette tirer le poids de cette jambe rigide, elle est impatiente de voir comment elle s'y prendra pour nettoyer. La jambe frotte le sol comme un sac trop lourd à porter. Le chuintement des roues de son chariot s'arrête net devant une porte, celui de sa jambe continue. Aminata ouvre d'abord la fenêtre pour aérer la chambre. Laisse ensuite le détergent agir sur la cuvette et dans la douche. Attrape les serviettes et le drap de douche, retire la housse de couette, les taies, les draps, et vide le tout dans le panier à linge de son chariot. Après chaque action, elle fixe Rita dans les yeux comme pour valider les acquis. Puis elle enchaîne, un genou à terre et la jambe droite tendue comme le bras d'un compas, devant, à gauche, à droite, derrière, en fonction de là où elle frotte. Rita suit. La regarde faire une deux chambres de plus histoire que ça rentre. Grande se bat pour garder le silence pendant son nettoyage, mais ses gémissements, ses yeux qu'elle plisse, sa mâchoire qu'elle serre, et sa sueur disent quelque chose de sa douleur à affronter ses chambres. Rita la voit.

« Ça va ? », elle demande quand elle croit entendre un gémissement s'échapper.

Elle se détruit là, sur cette moquette, devant elle. Aminata répond d'un bruit de respiration épais comme rauque. Rita visionne la bande-annonce de ce qui va suivre pour elle-même.

Des années plus tard, à la fin d'une journée au cinquième, Grande montre l'écran de son téléphone à Rita. « Maïram, Amadou, Alikalifa, Djenaba, Maïmouna ». Des visages souriants que Rita fait défiler à l'aide de son index. Des photos à la maison, à l'école, à la cité, dans une aire de jeux, sur un quai de RER, là-bas au pays, ici dans la rue, autour de leur maman. Aminata prononce un nom quand apparaît un nouveau visage, pas plus. De ces clichés émane une soif de vivre. Rita comprend dès ce jour que les gémissements silencieux d'Aminata, c'est pour eux. Elle s'humilie, se tue pour eux. Grande lui parle, patiemment, sans prononcer de mots.

Depuis le temps, elles ont quand même eu l'occasion d'en échanger via d'autres bouches. Des femmes de chambre sachant la langue d'Aminata sont venues travailler à l'Inside. Elles ont traduit ses mots. Mais le dialecte des gestes est plus fort. Rita a été la première à l'appeler « Grande ». Un calme et une assurance dans la boitillante démarche qui font qu'on se sent petite quand on la regarde.

Aminata lui rappelle une de ces femmes au pays, qui lui a récité la vie. À l'endurance émaillée de chuchotements : de versets, de claquements de langue, de malédictions, de prénoms d'enfants. Rita entend encore le bruit des va-et-vient de sa brosse frottant l'infinie faïence. La patience maintenant est dans cette grève. À chacun de ses coups d'œil vers Grande s'esquisse une question : combien de temps faudra-t-il lutter ? Elles n'ont pas les moyens que ça s'éternise.

3.

Les gorgées d'*etigbe* lui brûlent la langue, mais libèrent sa gorge congestionnée par ses allergies. Rita referme son thermos, et voit une dizaine de femmes de chambre longer le piquet. Celles-là entrent dans l'hôtel les unes après les autres. Ce sont celles qui boulonnent encore. Leurs yeux sont près du sol. Elles continuent d'affluer, pressées. « Traîtresses ! », lance une voix sortie du piquet de grève.

Les femmes de chambre continuent d'entrer, tête baissée, aucune ne semble avoir entendu l'accusation. Elles sont toutes sri-lankaises, sauf celle qui retourne sur ses pas. Les traits acérés par le matin et la colère, elle toise les gréveuses une à une d'un très mauvais regard, avant de demander :

— Qui a dit ça ?

Les gréveuses se zieutent du coin de l'œil, attendent que la voix se dénonce. Elles soufflent et balbutient des mots fuyants. La femme de chambre continue de se rapprocher d'elles.

— Il n'y a plus personne pour parler maintenant ?

— Allez, c'est bon, va travailler, on a compris, tu es très intéressante, dit l'une des gréveuses.

— C'est toi qui m'as insultée ?

Les gréveuses laissent parler la femme qui s'essouffle en les menaçant toutes, ses phrases sont entrecoupées du sifflement de sa respiration. Elle les dévisage de ses yeux cernés.

— Je ne me réveille pas le matin pour venir me faire insulter ici, non, non. Hier on travaillait ensemble. Regardez-vous, toi, toi, toi, et toi, elle dit en pointant des gréveuses du doigt, je vous ai formées, je vous ai appris à faire les chambres, et maintenant vous venez cracher sur nous.

— C'est pas moi qui ai parlé, dit l'une des coaccusées.

— Vu que personne ne veut assumer, vous avez toutes parlé. Tu dis des mots mauvais comme ça, tu connais ma vie, tu sais mes problèmes, oui, celle qui a ouvert sa grande bouche là, tu connais ma vie avant de venir parler ici, imbécile va, oui celle qui a parlé et qui n'assume pas. Tu sais combien…

« La G, La G, La G, La G, La G », disent en chœur les gréveuses quand elles la voient apparaître. « La G », c'est le petit nom par lequel elles appellent leur gouvernante. Il faut faire vite à l'Inside, où chaque seconde compte, pas de temps à perdre sur des syllabes. Virginia sort de l'hôtel et ordonne d'une gifle donnée dans l'air à la femme de chambre restée dehors de rentrer fissa dans l'Inside. Elle détaille les gréveuses, et leur lance un tchip sonore et plein de mépris. Un petit sourire satisfait s'affiche sur son visage. « Viens faire ça ici ! » répondent les gréveuses. La femme de chambre passe les portes de l'hôtel en dodelinant de la tête, gauche, droite, ses efforts sont devant elle. Virginia la suit sans même se retourner.

Après avoir gratifié la gouvernante de quelques amabilités supplémentaires, les gréveuses ont cherché à savoir qui avait lancé ce « Traîtresses ».

Au moment même où il avait glissé de sa bouche, Rita a regretté de l'avoir dit. Elle l'avait lâché comme ça, sans raison. Aucune des autres gréveuses ne l'avait entendue crier. Sauf Aminata peut-être, qui lance des regards lui ordonnant de se dénoncer. Rita se tait, lèvres pincées. Elle non plus ne sait pas qui a crié ce mot. Ou fait mine de. « Traîtresses. » Elle a honte d'avoir lâché ce mot qui ressemble tant à un autre commençant par un « n », tant dans la forme que dans le sens. « Négresse ». Les deux syllabes s'envolant dans l'air épais de juin, c'est peut-être même ce qui est arrivé aux oreilles de cette femme de chambre, d'où les yeux rouges qu'elle vient de leur montrer. Aminata la regarde encore. En prononçant ce mot, Rita a aussi abîmé la parole qu'elles s'étaient donnée : laisser travailler celles qui ne peuvent pas gréver. De l'autre côté du piquet, Grande continue de gronder du regard. C'est bon, Rita s'apprête à leur dire la vérité vraie. Mais sa voix n'a pas le temps de sortir, qu'elle est ensevelie sous celle d'un homme, dont on entend presque les glaviots qui se promènent dans sa gorge quand il parle.

— Sale lâche, petit homme va ! grogne-t-il. Rien dans le pantalon, ça n'assume pas ses chienneries. Il a dû rentrer par le parking derrière l'hôtel, votre petit directeur. J'lui garde un chien de ma chienne à celui-là.

Un halo d'une fumée diaphane couronne le haut de son visage. L'homme expire furieusement la fumée de sa cigarette, ça fait vibrer sa grosse barbe grise. Puis il demande aux gréveuses si elles ont vu entrer le directeur dans l'hôtel. Elles lui confirment que « non ». Le vieux fait les cent pas sur un petit coin du piquet comme pour réfléchir. Ses jambes sont arquées, quand il marche il semble se balancer. Attendu comme le Messie, son attitude diffuse plutôt de l'inquiétude dans les yeux des femmes de chambre. Le syndicaliste cendre nerveusement sa cigarette, et tire une dernière fois dessus avant de la jeter. Des phrases lui viennent enfin. Amado, par des battements de ses longs bras, ameute les gréveuses autour de lui.

Elles apprennent par sa voix grasse qu'à leurs revendications (revendiks, dit Amado), Myriad et Ménage à la française ont répondu par le silence. Le groupe hôtelier et l'entreprise de sous-traitance sont ensemble dans la lutte, et ne bougeront pas. Leurs yeux mauvais ne voient pas les invisibilisées dans le labeur comme dans la plainte. Leurs grosses oreilles entendraient peut-être.

Amado tire le pandeiro de la table au milieu du piquet, le secoue énergiquement, et commence à taper. Il passe l'instrument à Aminata. D'autres déchirent des *20 Minutes*. Les journaux gratuits du métro rempliront mieux leur office informationnel en tant que confettis. Bientôt la place en est inondée. Et on répand leurs miettes devant les portes de l'Inside. On prend même plaisir à salir sans se demander qui va passer nettoyer après.

Depuis ce matin, Rita fait des ronds sur le piquet avec une casserole sur laquelle elle tape tape tape. « Sous-traitance égale maltraitance ! » lance une autre gréveuse. Son tatouage au henné remonte sur sa main. Ses créoles gigotent. Ses tresses tissages perruques qu'on peut enfin découvrir. Des choristes s'improvisent. On fait tourner les instruments. Leurs gestes et voix s'emmêlent dans un même flow. Le déhanchement des reins exhibe les reflets habituellement cachés du turbin.

Alors, jusqu'au soir, la cuillère en fer de Rita continue de rebondir sur le dos noir de sa casserole, accompagnée des autres instrumentistes, c'est le son du bourdonnement de milliers d'insectes, sauf qu'ici les bzz sont des cliquetis incessants, parfois percés d'une voix ou d'un regard. Celui d'Aminata se pose différemment sur Rita. Grande la valide. Rita se voit sous ce regard élevée, encouragée, portée par lui, celui d'une sœur-mère, à peine plus âgée qu'elle, enfin elle croit, et sculptée par l'expérience, de ça elle est sûre. C'est déjà Aminata qui plus tôt avait validé, et lancé le début de leur grève. D'un simple clignement d'yeux.

4.

L'eau noire s'écoule sur sa peau. L'eau noire glisse de ses pores. L'odeur est coupante, chimique. Elle sent sa peau se froisser sous la froideur de cette crasse. Noire comme le pétrole. La baignoire se remplit peu à peu, et elle, au milieu, emprisonnée, le dos soudé au fond de la cuve, pendant que le niveau de crasse continue de monter. Ses narines se dilatent, ses seins tombants gonflent, se dégonflent, et regonflent. Elle respire fort, comme pour emmagasiner le plus d'air possible avant qu'il ne soit trop tard, avant que la crasse ne recouvre jusqu'à son visage. Non, elle n'a pas peur de se noyer. Depuis qu'ils essaient, ils n'ont jamais réussi à la noyer, alors non, elle n'a plus peur de ça. Mais elle a peur de fusionner avec la crasse. D'être la crasse indélébile. Cette pellicule invisible qui sépare des enfants. Avec ça sur elle, il faut plus de temps pour les enlacer.

L'eau danse maintenant autour de son visage, elle ferme les yeux et essaie de pointer son menton vers le ciel. Les os de son cou la transpercent quand elle fait ça. Elle embrasse enfin Loïc et Christian. Ses lèvres contre leurs joues. Ce bonheur s'arrête avec la montée de l'odeur, qu'elle leur léguerait. Ça les suivrait jusqu'à l'école, moqués par leurs camarades, méprisés par leurs professeurs, des cancres ils deviendraient, marqués à leur tour par la crasse indélébile. Son visage sous l'eau, des petites bulles se bousculent à sa surface. Elle expire l'air gardé dans ses poumons. Il lui en reste juste assez pour ouvrir les yeux avant de suffoquer.

Rita se réveille suante et essoufflée, elle glisse son index dans le creux de ses seins, non, sa sueur n'est pas noire. Depuis le début de la grève, elle faisait de moins en moins ce rêve. Mais ce matin, c'est bien lui qui l'a réveillée.

5.

Devant le piquet de grève, des habitudes se prennent. Les taxis, les livreurs et même les ambulanciers qu'elles voient tous les jours longer la place donnent un bon mot, des coups de klaxon et quelques sourires pour la cause. Ça ne remplit pas la caisse de grève, mais ça donne de la force.

Le premier qu'elles voient arriver tous les matins vers les coups de sept heures et demie livre la literie de l'Inside. Il s'appelle Lassana. Après avoir déposé serviettes, couettes et draps propres, il vient généralement gratter trois quatre des beignets préparés par Aminata. Ce matin-là ne fait pas exception.

— Tes locks, c'est pas bon, mon fils, l'interpelle Diva, l'une des gréveuses, quand elle le voit fureter sur le piquet.

— Quoi ? Elles sont propres ! répond Lassana en passant une main sur sa tête.

— Ça part dans tous les sens tes cheveux, c'est mauvais, c'est pas propre, mon fils.

En voyant ça, Rita se dit que Diva cherche encore à allonger sa liste de clients. À son arrivée dans ce pays,

Diva ne s'imaginait pas nettoyeuse. Elle avait été coiffeuse au noir dans un salon de Château-Rouge. Elle posait des mèches, défrisait, tressait. Et usait de son coquin poignet pour créer des locks au crochet. Coiffer c'était sa passion, un rêve, mais ici c'est la réalité, il faut le diplôme pour exercer, obtenir des fiches de paie, et renouveler ses papiers. Alors depuis le début de la grève, elle a repris la coiffure, histoire d'arrondir les fins de mois.

— Vas-y OK, j'viendrai me faire les locks bientôt, si j'ai le temps, dit Lassana en croquant dans son beignet.

— Tu travailles contre nous petit, fait Amado en s'approchant du garçon.

— J'taffe pour moi.

— T'aides ta maman au moins ? demande Rita.

— Ouais, vite fait.

— Comment ça, vite fait ?

— Non, ouais, j'lui passe un billet en début de mois, normal.

— Tu travailles contre nous, petit, continue Amado, on serait pas contre une ou deux chienneries.

— Une ou deux quoi ?

— Ta cargaison, ce que tu leur livres là, c'est possible qu'elle subisse deux trois bricoles, par exemple demain tu pourrais oublier du matos en chemin. On te récompensera si tu fais ça bien.

— Eh m'sieur, les tanties, moi je vous soutiens, votre grève, tout ça, c'est bien, vous vous défendez, force à vous, mais ça, là (il dit en pointant du doigt la camionnette siglée

Elis), c'est mon gagne-pain. J'ai galéré de ouf pour avoir ce taf, j'suis carré avec eux, j'veux aucune galère.

Les doigts encore bien luisants, Lassana va vers sa camionnette, avant de gratter sa barbichette et de revenir vers le piquet de grève d'un pas hésitant. Ses yeux se plissent à mesure qu'il approche, comme s'il cherchait à reconnaître un visage.

— Mon grand, on a plus de beignets pour toi, dit Rita.

— Vous êtes la maman de CHR, euh, de Christian, non ? il lui demande.

— Tu le connais ?

— C'est mon ami, oui. On était au collège ensemble. Nan, c'est parce que j'étais sûr de déjà vous avoir vue quelque part.

Avec ses traits, sa barbiche, ses joues grêlées par l'acné déjà passée, comme la lueur de sérieux dans ses yeux, ce garçon semble beaucoup plus vieux que son fils. Enfin, un peu plus vieux. Comment peuvent-ils être amis ? En regardant la camionnette dans son dos, elle se dit que quelques classes redoublées ont dû les rapprocher. Elle associe le métier à l'école, l'école à la vie, au demain, c'est comme ça que ça doit marcher. C'est ce qu'elle répète aux enfants quand elle voit une mauvaise note. Les boulots ingrats en guise d'épouvantail ou de carotte. Vous voulez nettoyer comme moi, non hein ? Alors, si vous voulez pas faire comme maman, il faut travailler à l'école.

— Comment tu t'appelles déjà ? demande Rita.

— Lassana.

— OK, j'lui passerai le bonjour de ta part.

— Vous embêtez pas, je le verrai sûrement ce soir au quartier.

À midi, le soleil est bien bien haut, bien bien rouge, il dévore déjà toute la place. Où on mange des sandwichs achetés au Carrefour City d'à côté. Demain on se préparera une marmite façon pays. On papote du bled. Qui y va cet été ? De la maison. De la volonté d'Allah. De Jésus. Rita annonce que son fils va avoir son brevet, elle dit encore le « BEPC », *le sang de Jésus*, c'est sûr. Au bout d'un moment, Aminata vient lui dire quelque chose avec des yeux puant l'inquiétude. « Ma-ri-a-ma ? », elle articule lentement.

Rita remue ses lèvres, mais aucun mot ne sort de sa bouche, comme si elle prenait le temps de se souvenir de la dernière fois qu'elle a vu Mariama. C'était avant le début de la grève. C'est pourtant autour de Mariama que la lutte a commencé. Ce qui lui était arrivé était trop grave pour qu'elles continuent à travailler comme si de rien n'était.

Mariama est la seule qui parle la même langue que Grande, sa dernière traductrice à l'Inside. Rita a vite remarqué qu'elle prenait cette tâche plus au sérieux que celles qui l'avaient précédée. Elle marquait des temps d'hésitation, jonglait avec un mot, le pesait, le soupesait, puis en choisissait un autre avant de révéler la pensée de Grande. À son arrivée à l'Inside, c'est Rita qui l'avait « formée » sur demande de la gouvernante, « formée », autre grand mot pour dire tu vas nettoyer deux chambres avec la nouvelle.

Au fil de ses chambres nettoyées, la fraîcheur de Mariama s'est évanouie. De la belle Mariama. Un grand front, des yeux rendus perçants par d'épais cils noirs. Des dents d'un blanc aveuglant. Pommettes hautes, lèvres épaisses et brillantes, violettes aux bords, roses à la surface. Dernièrement, elle ne ressemblait plus qu'au brouillon de Mariama, un décalque tracé d'une main tremblante, comme si les traits du beau dessin s'étaient émoussés, décolorés. Ces chiens ont flétri sa beauté.

Après que Mariama leur a raconté ce qui lui était arrivé, elles ont toutes décidé d'arrêter le travail. Celles qui n'étaient pas d'accord avec la grève ont changé d'avis. Celles qui l'étaient déjà sont devenues encore plus d'accord. Elles ont mélangé leurs larmes de sœurs. Le sort de Mariama, c'était leur sort. Elles sont dix-sept en grève, mais seulement seize présentes devant l'Inside. Mariama n'est pas venue depuis qu'elles ont arrêté le travail. Elle a sûrement besoin de plus de temps. Elle reviendra bientôt. « Ma-ri-a-ma ? », la voix d'Aminata demande de faire quelque chose. Alors Rita prend son téléphone, et l'appelle. Ça sonne. À mesure qu'elle entend filer les bips, les yeux de Rita s'emplissent d'inquiétude. Elle arrête d'appeler à la quatrième tentative. Sur WhatsApp, elle lui laisse un vocal : « Ma chérie, ça va ? On ne t'a pas vue depuis le début de la grève. On s'inquiète. On a aussi l'argent de la caisse de grève à te remettre. À bientôt. » Pour l'instant, les doubles coches restent grises.

6.

Des enfants hésitent devant des jeux vidéo, ils ouvrent les boîtes, les triturent, les ferment, chignent. Mais Rita n'entend plus ce brouhaha. Elle se demande seulement si sa carte bleue va passer. Le temps de validation du paiement paraît démesurément long.

Elle essaie de lire à l'envers ce qui s'affiche sur le petit écran du terminal de paiement. Faire plaisir coûte cher. Dans l'attente, son front, sa nuque se mettent à picoter. Cette boutique n'a même pas la climatisation.

Son dernier mois travaillé à l'Inside lui a été payé 1 000 euros. 350 sont déjà partis dans le loyer. Son passe Navigo, le gaz, l'électricité, la Freebox et le téléphone, les diverses courses, la cantine et les mensualités de la machine à laver l'ont encore soulagée de 800 euros. À quelques centimes près, son compte en banque affiche une somme négative : – 150 euros.

Le découvert ne peut pas aller beaucoup plus bas que ça. Des accidents le lui ont déjà indiqué. Les accidents en question : un haut rouge qu'elle avait bien aimé chez

Sympa. Un cadeau qu'il fallait offrir quand on était invité à un baptême. Ou le frigo qui tombait en panne. La CB ne passait plus.

— Ça prend du temps, hein, la connexion Internet n'est pas top, désolé, fait le vendeur en forçant un sourire.

Derrière elle dans la queue, on s'impatiente, elle sent des yeux lourdement posés sur son dos, chaque mouvement de front, chaque modulation de respiration semble marquer un reproche. Du genre : « On dépense pas l'argent qu'on n'a pas. » Rita hésite à stopper l'achat, et à partir en courant, elle trouverait une excuse. « Je vais au distributeur plutôt » ou « Je suis pressée en fait, mais je suis à côté, je reviendrai plus tard. » Elle n'ose pas, attend comme paralysée, et son ventre lui fait mal.

Elle a quitté le piquet de grève peu avant midi pour faire son emplette. Dans la queue de cette boutique de jeux vidéo, elle se rend compte que sa grève continue aussi pour ça : atténuer ces petites douleurs. De celles qui affaissent les épaules, font qu'on se rapetisse, qu'on se dégonfle, qu'on disparaît presque.

— C'est bon, c'est passé, dit le vendeur en souriant, bon après-midi, madame !

Rita attrape fermement le sachet avec le dernier FIFA à l'intérieur. Jeu vidéo qu'elle ne leur avait pas acheté l'hiver dernier. Elle avait dit aux fils que leur jeu, là, c'était toujours la même chose. Sur l'écran de télévision de la chambre des enfants, les images du jeu de l'année d'avant ressemblaient comme deux gouttes d'eau à celui de l'année d'après. Un jour, elle leur avait demandé :

— Pourquoi vous voulez que je vous achète tous les ans la même chose ?

— C'est pas la même chose, avait gémi Loïc, manette en main, les yeux brillants devant son écran.

— Regarde, y a les nouveaux maillots, les joueurs ont été transférés dans leurs nouveaux clubs, et les graphismes sont mieux faits, avait ajouté Christian.

Mouais, la subtilité avait échappé à Rita. Les créateurs de ce jeu ne se creusent pas beaucoup la tête pour faire du neuf, mais assurément ils savent vendre. En tout cas, cette gémellité entre les différents opus lui servait de puissant contre-argument pour ne pas l'acheter au moment de sa sortie. Celui-ci, d'occasion, lui a coûté 20 euros, un tiers du prix du neuf.

Rita n'a pas la force de répondre au vendeur. Elle sort de la boutique d'un pas vif. Elle a l'impression d'avoir commis un hold-up. Elle avance sur le boulevard sans savoir où aller, mais l'excitation accélère sa démarche. Elle manque de bousculer un type, l'esquive d'une rotation agile du buste. Les devantures de boutiques, les gens, les véhicules bloqués dans la circulation défilent des deux côtés de sa silhouette. Elle chantonne son cantique préféré. Ses poils se hérissent sous les caresses du soleil. Elle attend encore le vent, mais c'est elle la brise, le courant d'air qu'elle projette dans la face de ceux qu'elle dépasse. Ce corps est à elle. Sa langue humecte ses lèvres, elle presse son sac à main contre son ventre, c'est bien dur, le jeu est à l'intérieur. Rita allonge encore le pas. Ses courtes jambes, mélange du gras nouveau et de la tonicité du muscle ancien, s'affrontent, se frottent l'une contre l'autre, ça ne la ralentit pas, bien au contraire, elle existe encore plus dans cette peau épaisse.

Au bout du boulevard, elle s'arrête enfin devant une vision apaisante. Une apparition, un récital au piano offert aux ruines d'une scène de guerre. Au milieu du chaos de l'impitoyable et productif mouvement urbain, les Douze Apôtres sont là, immobiles, calmes, blancs, accueillants. Ils trônent, les bras en croix, ils l'attendent.

7.

Rita observe un moment les géants de marbre ciselé entourant l'église quand une main enserre son poignet et la tire méchamment de sa rêverie.

— T'es en retard ho ! J'ai attendu ici jusqu'à fatiguer. Il faut regarder ton téléphone des fois.

C'était Diva. Elle lui avait donné rendez-vous pour la messe, et prier ensemble, avant de retourner rejoindre les gréveuses l'après-midi.

— Désolée, ma chérie, ça m'a pris plus de temps que prévu.

— Il fallait vraiment faire ça maintenant ?

— Mon grand me demande ce jeu depuiiiiiiiiis, elle appuie la dernière syllabe du mot pour raconter la longueur. Je le lui avais promis s'il était reçu au BEPC. Ça va remplir leurs vacances.

— Tu les envoies plus en vacances ?

— Si, mais plus tard, chez mon frère. Et toi ?

— J'envoie les deux grands chez ma tante dans le Sud, ça va leur faire du bien de voir autre chose.

— C'est bien ça, les miens iront chez leurs cousins à Lyon.

— Et ça va nous reposer, avec tout ce qui se passe ici, on en a vraiment besoin.

Elles entrent dans l'église, baignent index et majeur dans le bénitier, se signent. Les deux femmes traversent la nef, et s'assoient dans une rangée près de l'autel. Le père arrive. Il s'arrête un moment devant le chœur avant de se retourner à l'adresse des fidèles. Il les salue d'un discret sourire. Ses mots, relayés par des enceintes, rebondissent sur les parois en pierre de l'église où une petite vingtaine de personnes sont présentes. Noires pour la plupart.

Les voix s'élèvent, entonnent le *Gloire à Dieu.* Celle de Diva est moins puissante qu'à l'accoutumée. Elle est encore grippée. Elle fixe l'autel comme une croix à porter, et à sa place voit plutôt une chambre à nettoyer. Ô Dieu ironique. Sous ces pensées, la voix de Diva baisse encore d'intensité : Inside, hôtel, mes fesses, a-u-t-e-l, on devrait dire, et nos sacrifices avec ho. Rita serre la main moite de Diva qui marque une légère résistance, comme surprise avant de se laisser faire. Diva engage sa voix, son corps dans le chant. Ses ondulations du bassin font gigoter Rita de droite à gauche. L'atmosphère retombe vite quand l'hymne se termine. Le père lit une prière d'une voix monocorde. « Amen » bourdonnent les fidèles en guise de réponse.

Du coin de l'œil Rita zieute l'énergie retenue de sa voisine. Diva continue d'activer son corps. En faisant de légers mouvements, presque imperceptibles. Ses larges hanches remuent, les chaînes tintent autour de son cou, son ventre s'arrondit, sa bouche psalmodie, ses yeux clignent. La prière est musculaire. Elle acquiesce oui oui oui aux mots du père. Au moment du chant, les mouvements semblent plus amples, comme une libération, du ventre à la gorge à la bouche, sa voix glisse, brûlante et suave. Son organe domine maintenant ceux des autres fidèles qui la regardent comme un réveil au petit matin. *Alléluia, alléluia, alléluia...*

Après avoir abandonné ses rêves de coiffure, Diva a commencé à travailler à l'hôtel. « Excusez, parlez très vite ici », a dit Diva au début. Femme de chambre ? Un bien long mot pour dire : tu vas nettoyer là, là, et là, oui, oui, sous le lit aussi, et en moins de dix-sept minutes par chambre, fissa ma fille. Son premier jour avant d'aller en découdre avec ses chambres, Diva avait fait quelques signes de croix en psalmodiant. *Quand je marche dans la vallée de l'ombre de la mort, Je ne crains aucun mal, car Tu es avec moi : Ta houlette et Ton bâton me rassurent.* Par l'opération d'un esprit malsain, la sombre vallée s'était magiquement transformée en couloir d'hôtel trois étoiles à Paris, où son balai, sa pelle avaient vite fait office de bâton et de houlette rassurants. En l'entendant prier, Rita lui conseilla des passages de la bible qui faciliteraient sa besogne. La suite, c'est qu'elles se sont suivies dans la chapelle de l'autre. Rita l'a emmenée dans son église catholique où parfois le prêtre terminait en latin. *Ite, missa est.* Là, elles pouvaient au moins génuflexer côte à côte. Diva a supporté, puis aimé. Ensuite c'est elle qui a tiré Rita à la Communauté Chrétienne de la Rédemption, chez les évangéliques. Des chants. Des danses. Beaucoup de danses. Beaucoup de chants. Rita a haussé le sourcil, toussé, s'est gratté la joue, et a dit pourquoi pas.

Après l'*Alléluia*, elles écoutent la lecture de l'Évangile.

Fermer les yeux, réciter, psalmodier, chanter, et oublier les cris, le boulot, les pleurs, le manque d'argent, la maison, le pays, le calme enfin. Rita s'arrête ici pour mieux repartir. « On n'était pas censées arriver jusqu'ici, et pourtant nous sommes ici, pas intactes, c'est sûr, mais on est bien là, c'est par le Seigneur, c'est par la prière, ma fille. » C'est déjà ce que lui disait maman là-bas. Accompagnée du Seigneur, sa capacité d'illusion gonfle, elle croit mieux en l'impossible, aux îles imaginaires où elle n'est pas censée poser pied.

Croire c'est vieux et ridé. Au pays, maman le lui avait répété. Avant ce Dieu-là, il y en avait eu d'autres. Je rends grâce à Dieu, *Akpé na Mawu*, elle prononce dans sa langue, celle dans laquelle elle rêve et pense. Mawu, de ce souvenir caché dans sa langue maternelle. Mawu, du nom de la Déesse créatrice suprême de la religion vaudoue, que les colons ont salement diabolisée quand ils sont arrivés. Ils ne voulaient plus qu'on n'aime qu'un seul Dieu, le leur. Mais parce qu'on ne badine pas avec la puissance de celle que rien ne peut dépasser, les ancêtres de Rita avaient pendant leur conversion forcée créé ce schibboleth – Mawu – qu'ils feraient passer pour le Dieu de ces étrangers. Avec le temps, eux-mêmes ont oublié, et Mawu est devenue l'équivalent de ce Dieu-ci. L'historiette racontée par maman devenait de plus en plus brumeuse le temps passant, mais Rita se souvenait encore de ce qu'elle disait à la fin, d'une voix plus sévère qu'au début, prier Jésus, c'est aussi, un peu, encore, prier cette Déesse perdue. *Akpé na Mawu.* Sous le poids des souvenirs écroulés d'un mystérieux passé ensanglanté, ses mains tremblotent.

Devant l'autel, le père élève et montre le vin, sang du Christ, et l'hostie, corps du Christ.

Diva a beaucoup prié après avoir dit « oui » à la grève. Elle a été l'une des dernières à soutenir le mouvement. Là, disait-elle, n'étaient pas les valeurs qu'on lui avait inculquées. Elle répétait aux collègues qu'elle était venue dans ce pays pour travailler, pas pour se faire remarquer. Elle reconnaissait comme les autres que les cadences étaient infernales, que les salaires étaient insuffisants, et que le système du paiement à la chambre était mauvais, mais s'arrêter de travailler pour réclamer le changement n'était pas la solution. Diva renvoyait la grève à après-demain. Elle ne risquerait pas son poste à l'Inside pour faire la fainéante. La grève c'était un truc de vieux, de communistes, de Blancs, de vieux communistes blancs. « Regardez-vous mes filles. Quelle grève vous allez faire ici ? Vous parlez, seulement. » Au pays, elle avait été élevée à coups de « là-bas, tu vas devoir travailler deux fois plus que les autres ». Elle avait oublié qui le lui rabâchait sans cesse, mais elle avait imprimé ça en elle. Un sens du sacrifice bien chrétien. Aussi, cette résignation au travail gonflait son orgueil de mère. Là où d'autres allaient au feu, dansaient entre les balles, pâturaient aux pieds de montagnes tranchantes ou voguaient au-dessus de mers incertaines, elle allait accomplir une tâche pénible qu'elle savait injustement payée, pour ses enfants, pour ses papas, pour ses mamans, restés au pays. Elle le savait, et c'était le plus important, alors la grève ce serait pour plus tard. À 38 ans, la peau et les cheveux toujours soignés, Diva n'a pas encore totalement renoncé à ses rêves. Alors elle pensait pouvoir attendre. Elle patienterait à coups de prières guérissant tout.

Mais plus tard est venu plus tôt que prévu. Plus tard, ça a été le jour où elle a entendu Mariama. C'est elle, parmi toutes, qui a le plus été frappée par ce qui est arrivé à Mariama. Elles ont toutes très vite compris pourquoi.

« Agneau de Dieu, qui enlève le péché du monde, prends pitié de nous… », commence le père.

Rita demande au Seigneur ces choses qu'elle pourrait dire sans problème à haute voix, et d'autres qu'elle ne dirait à personne. Des choses dont elle n'est même pas sûre qu'elle les désire vraiment au fond d'elle-même. Elle met en prières ces demandes ordinaires en psalmodiant à toute vitesse, et à côté de ça, ce sont d'autres demandes qui s'échappent. Les prières sortent de sa bouche, les autres, moins avouables, s'enfuient de sa tête, se répètent, se cristallisent dans son esprit. Elle sait que Dieu sait, mais les garde pour elle. Des images apparaissent à la volée dans son esprit, presque des souhaits, et quand elles se précisent trop, Rita fuit vers ses pensées ordinaires. « Le Seigneur a déjà bien à faire avec moi. » L'avenir de Christian et Loïc, cette lutte qu'on doit gagner, la santé d'Unetelle ou d'une autre. Mariama. Il faut être altruiste. Dieu n'écoute pas les égoïstes. C'est comme ça qu'elle a appris. Elle se contrôle, s'empêche. Enfonce ses rotules déjà brûlées dans l'agenouilloir. C'est comme ça que ça marche. Seules les bonnes prières seront exaucées.

Le Seigneur fait déjà beaucoup de choses pour elle, et le tout gratuitement en plus. *Akpé na Mawu.*

« Le corps du Christ… », dit le père en déposant l'hostie sur la langue d'une femme, puis de l'autre.

Diva essaie de suivre Rita qui sort de l'église en vitesse sous l'écho suiveur de la voix du prêtre donnant la bénédiction.

— Pourquoi tu cours comme ça ? demande Diva.

— T'as oublié qu'on doit aller chez Myriad cet après-midi ou quoi ?

— Les patrons ?

— Eux-mêmes. Il faut qu'on aille vite vite rejoindre les autres.

8.

L'été offre de longues journées figées. Le matin, le soleil est déjà descendu. Il caresse le front à Rita. Plus tard dans la journée, il la piquera. Et le soir, ses rayons surveilleront encore le piquet de grève. D'où elle visualise cette journée en essuyant son nez qui coule.

Les gréveuses déplient leurs drapeaux rouges, leurs banderoles, et gratteront bientôt leurs cuillères en fer contre le dos des casseroles, les tracts sont empilés, prêts à être mieux expliqués que la veille, tout à l'heure Aminata proposera ses beignets aux passants, c'est gratuit bien sûr, mais un petit geste est toujours le bienvenu. Pour le midi quelqu'une a préparé à manger, la cachottière veut pas dire ce que c'est, mais même non réchauffé les narines devinent déjà le thiéboudienne, puis on terminera par l'AG, les ongles pointeront vers le ciel, oui, oui, seize fois oui. Demain, on revient. La journée doit se dérouler à peu près comme ça. C'est ce qui était prévu, avant qu'elles déboulent toutes.

Les gréveuses ne savent plus où tourner leurs cous, des ombres grises continuent de surgir de partout. Les gréveuses sont frappées d'effroi. Une nuée de femmes noires se précipite vers le piquet de grève. Amado décolle ses fesses de la table. Grand sourire nicotineux, il croit accueillir des gréveuses supplémentaires, mais non. Les femmes, têtes baissées, dépassent le syndicaliste et le piquet. En les voyant débouler, Rita reçoit un boomerang revenu du fin fond des temps dans le front.

Pour quoi ? Qui sont-elles ? Qu'est-ce qu'elles nous veulent ? Vous êtes comme nous ? Les questions se bousculent dans sa tête. Le souvenir s'emboîte comme les pièces d'un puzzle, pas celui d'une image fragmentée, non, celui plutôt de sensations déchirées. Ces femmes jettent un flash dans ses yeux décolorés par le pollen. Une broussailleuse impression de déjà-vu. Du bruit, des bruits. De la colère. Des tracts. Des pancartes. Des slogans. Des femmes en grève. Et la honte, lancée par un œil qui fait peur. Rita frissonne. Rita sue. Rita éternue. Rita se souvient d'un hôtel juste derrière le périphérique, peut-être vers la porte d'Orléans. Voir ces femmes affluer devant l'hôtel régénère cette mémoire perdue, mais elle doute à mesure que se précisent ces scènes. Comment j'aurais pu oublier ça ? Oui, elle avait bossé dans cet hôtel dont les femmes de chambre étaient en grève.

Rita revoit cette femme qui semblait mener la bruyante cohue. C'est en elle que les autres puisent leur énergie, par elle que leurs volontés s'excitent. La femme est éclairée d'un halo aveuglant. Autour, des ombres noires apparaissent, disparaissent, zébrant sa lumière. Elles sont en nombre. Le souvenir est sonore aussi : des exclamations rageuses, des coups de tambours vrombissants, des gémissements coulent de leurs gorges. Après avoir bu religieusement les paroles de cette femme, une quarantaine de paumes applaudissent, moins pour se féliciter que pour encourager la prochaine action. Mégaphone dans une main, et index directeur dépassant de l'autre, la femme montre la voie. La violente lumière s'estompe. Son pas a l'autorité naturelle. Menton levé, elle promène sa silhouette bien en chair sur le piquet de grève et dans le hall de l'hôtel, comme si les murs lui appartiennent. Maintenant, son visage bouffi apparaît de plus près. Son mouchoir de tête est rouge et bleu, à ses oreilles gigotent deux créoles énormes et scintillantes, et un de ses yeux zieute ailleurs. Rita encaisse des regards effrayants quand elle la croise. Écrasée sous ce regard hideux, Rita comprend mieux qui sont ces femmes en train de pénétrer dans l'Inside.

— Elles sont là pour nous remplacer, dit-elle, d'une voix sourde.

— Quoi, ça ? demande Diva.

— Elles vont travailler à notre place.

Amado en recrache son café, marmonne, sort son téléphone et menace d'appeler l'inspection du travail. À côté, les yeux de Diva reflètent la rage qui monte en elle. La griffure de l'incompréhension, la sienne, et de la trahison, de qui ? Elle piétine sur place, peu sûre de son prochain geste, le téléphone d'Amado semble sonner dans le désert, alors Diva avance d'un pas dissuasif vers ces briseuses de grève. Une des dernières s'apprête à entrer dans l'hôtel. Diva arrive à la bloquer de justesse avant qu'elle ne soit aspirée par les portes du bâtiment. Diva bafouille, tousse, étouffée par la colère, elle n'arrive pas à faire sortir ses phrases. Puis elle se calme, explique succinctement leur grève, avant de demander :

— Qu'est-ce que tu fais ici ?
— Je vais travailler.
— On voit ça, vous allez travailler à notre place, tu comprends que vous faites mal à notre grève en faisant ça.
— Moi, je fais mal à rien du tout, je vais juste travailler, et je vais être en retard là, laisse-moi passer madame, s'il te plaît.

Diva suçote ses dents du bonheur, en attendant de trouver une réplique pas trop violente à dire. La petite femme cherche une ouverture pour contourner ce corps-barrage. Une once de détresse habite ses yeux, sa bouche psalmodie des mots incompréhensibles. Rita se mêle au face-à-face. Elle attrape Diva par la manche :

— Que cette petite aille travailler ou non ne résoudra pas notre problème. Viens !

Diva pourrait résister, mais elle se laisse emporter par l'étreinte de Rita. Elle regarde la petite femme filer sous son épaule. Elle tchipe par à-coups en la voyant pénétrer dans l'Inside. Et hésite à crier un mauvais mot, qui peut-être énerverait la petite au point de lui faire rebrousser chemin. Diva s'empêche. Sur le piquet de grève, Amado a toujours son téléphone à l'oreille, mais aucune phrase à la bouche, l'inspection du travail ne répond pas. Au bout d'une énième sonnerie dans le vide, le syndicaliste souffle d'une voix grasse : « Pour ceux qui en doutaient, le capitalisme fonctionne toujours très bien, hein, il continue de séparer les travailleurs, de créer de nouvelles altérités. Mais quelle chiennerie ! » Diva, encore verte de colère, lance à Rita sur le ton du reproche :

— Pourquoi tu m'as empêchée de lui parler, tu vois pas qu'elles tuent tout ce qu'on est en train de faire.

À l'époque, la boîte de sous-traitance s'était bien gardée de dire à Rita qu'elle irait remplacer des gréveuses. Appelée la veille pour aller briquer-briser une grève le lendemain, elle n'avait pas eu son mot à dire. Sûrement que c'est pareil pour cette petite femme qui n'a rien demandé à personne, et veut seulement bosser. Ces femmes aux dos courbés ne les ont même pas vues, comme si elles étaient le reflet de leur propre invisibilité. Le régime sous lequel elles travaillent fait ça. Myriad, le groupe hôtelier propriétaire de l'Inside, et Ménage à la française, la boîte de sous-traitance qui les emploient, sont toujours solidaires. Armée de la clause de mobilité présente dans les contrats des femmes de chambre, l'entreprise acronymique a dépêché des travailleuses d'autres hôtels pour combler le manque de main-d'œuvre à l'Inside. En plus d'être utile pour menacer de mutation une travailleuse trop têtue, l'outil est aussi un redoutable brise-grève.

— Ce ne sont pas ces filles notre problème, dit Rita face à une Diva qui continue de grommeler.

Autour d'elle, Rita sent ses collègues découragées. Certaines ont l'air de vouloir quitter la place, et remonter briquer leurs chambres. Les mains lâchent drapeaux, casseroles, mégaphones, pancartes, et tout ce qu'elles allaient commencer à percuter. Rita se le répète à voix basse – *Yovo séssé* – les Blancs sont forts, cette phrase qu'aimait répéter sa maman lui donne des étourdissements. C'était dur de mesurer le degré d'ironie dans le *séssé* répété par maman, « très forts » oui, mais il valait sûrement aussi comme vilaine palabre adressée aux colons. Maman le répétait plus fort quand une entreprise d'ici allait s'installer là-bas, ou quand une découverte scientifique arrivait à ses oreilles, ou quand le président qu'elle aimait bien s'était fait zigouiller dans l'ambassade des États-Unis. *Yovo séssé.* Myriad et Ménage à la française sévissent, oui. Ils humilient en silence grâce à leur science qui protège de presque tout. Les plaintes sont étouffées par leurs clauses cimentées au bon droit. Les femmes en grève viennent de se faire gifler sans fracas.

Le soleil des premiers jours de juillet s'élève encore et brûle dans le ciel, bien au-dessus de l'inquiétude muette des femmes de chambre. Elles lèvent des yeux luisants vers leur hôtel. On égraine le *misbaha*. *Akpé na Mawu*, psalmodie Rita. *Soubhanallah*, dit une autre. On guette à gauche, à droite, on dévisage quelqu'une, et on se demande si celle-ci aussi est une briseuse. On imagine déjà une infinie trâlée de touristes débarquer dans un Inside tournant à plein régime.

Le piquet est bruyant comme le chant des grillons en journée. Les mots de Rita n'y font rien, l'idée germe dans le silence. Elles nous volent notre travail. On est remplacées. On est terminées. Elles veulent arrêter cette grève, déjà brisée. Rita écoute ce silence. Ça la renvoie dans cet hôtel, porte d'Orléans, où elle avait été une de ces briseuses de grève aux yeux tendus vers le sol. Est-ce que j'ai travaillé longtemps là-bas ? Elle force, autant qu'on peut forcer la mémoire à revenir. Convoque ces sons, ces images, l'œil tordu et effrayant de cette femme, mais n'y arrive pas. Elle ne se souvient même pas de l'issue de leur lutte. Il manque encore une pièce au puzzle.

9.

Dans le métro, on distrait ses mains en s'éventant contre la touffeur du wagon ou en scrollant sur son téléphone. Les gréveuses ont la gorge nouée et les lèvres closes. Elles sont en route pour Issy-les-Moulineaux, et le siège de Myriad. Enfin, elles vont rencontrer leurs patrons. Les vibrations du train dissimulent mal les leurs. Le métro trace sa route : dehors, dedans, vite, moins vite, les stations défilent. Lors d'un freinage brutal, Rita est projetée en arrière. Elle manque de tomber. Elle est ramassée avant la chute par des bras de gréveuses. La péripétie a le mérite de faire rougir une jeune femme confortablement assise. Elle propose sa place à Rita qui la propose à Aminata. Grande hésite, avant de lui faire comprendre qu'elle en a moins besoin qu'elle. Rita s'assoit finalement. Sa tempe s'incline contre la vitre. Le métro entre dans son noir couloir, sombre comme ce qui attend les gréveuses.

Présentement, elles sont dix-sept à gréver. Croire en cette grève, commencer cette grève a aussi été un long et laborieux chemin de croix, à trembler comme charroyée sur une route ferrugineuse à goudronner. Dix-sept femmes de chambre font défaut à l'Inside, et à ses six cents chambres à nettoyer. Sur ce chemin, Rita a longtemps douté.

Depuis trois ans au moins, elle voyait toujours, début printemps, quelques syndicalistes traîner aux alentours de l'Inside. Ils distribuaient tracts et mots. Elle en attrapait par politesse, mais, pressée par ses besognes, les feuilles finissaient vite à la poubelle. Le travail était difficile, certes, mais elle n'avait pas l'idée de s'en plaindre, ça aurait pu être pire ailleurs.

Arrivée dans ce pays, elle pensait devenir commerçante. Pas de fragrances contrefaites ou de bissap, comme celles que colportent certaines, mines vaincues, entre les boutiques de Château-d'Eau, mais une vraie : bazin, wax, kenté, elle vendrait en gros des tissus aux boutiques d'ici. Mais l'arrivée du premier fils lui a fait remettre son ambition à un éternel plus tard. Elle a commencé par des travaux moins élaborés : nounou d'enfants blancs, lave-cul d'êtres humains en fin de parcours, puis ménage dans des bureaux où tu vas tôt le matin et tard le soir quand il fait noir. Ceux-ci ont rendu alléchant le ménage dans les hôtels. Une cousine qui faisait déjà ce boulot lui avait passé le tuyau. Rita a rendu grâce. Elle a débuté à l'Inside, sans même savoir qu'elle ne travaillait pas directement pour cet hôtel.

Au fil des années, ses tâches sont devenues de plus en plus pénibles, frappée par l'âge d'un corps fragmenté :

genoux, coudes, épaules, dos, et par la sous-traitance qui engendre des vieillesses prématurées. Le groupe hôtelier garde rarement plus de deux ans la même entreprise de nettoyage. Myriad choisissant ses prestataires à « Qui dit mieux ? », et « mieux » voulant dire moins cher pour eux, ce sont les dos des femmes de chambre qui paient ces choix. Leurs économies se cachent dans les détails. Les conditions de travail empirent à chaque fois que l'acronyme sur les blouses change. Après l'arrivée de la dernière en date, elle a décidé de garder le tract.

Dès le premier jour de Ménage à la française à l'Inside, elle a noté des différences avec les prestataires d'avant. Pour commencer, ils avaient décidé de supprimer tous les savons sous sachet individuel. Ils seraient remplacés par des tubes de savon liquide à fixer au mur des douches. Ce n'était qu'une broutille, jusqu'à ce que la gouvernante conclue son brief du matin d'un « Comme ça, vous arrêterez de voler le savon ». La phrase l'avait travaillée toute la journée dans toutes ses chambres à briquer. En accrochant un des tubes dans l'une de ses chambres, Rita hurla sous la déflagration attaquant son visage. Elle porta ses mains sur celui-ci, essayant de le masser pour atténuer la douleur. En manipulant le tube, elle avait par inadvertance activé le pommeau de douche la visant. La face encore brûlante, groggy, elle n'arrivait pas à accrocher ce satané tube. Les pensées s'entrechoquaient. Ses yeux gris demandaient : Ma vie n'est-elle qu'un détail ? Ses lèvres tremblaient d'autres choses avec la voix du refus : Vous me traitez de voleuse, alors c'est ma mère que vous traitez de voleuse, ce sont mes garçons que vous traitez de sales voleurs. C'est toute une lignée que cette phrase remettait en cause. Elle était parvenue à grand-peine à accrocher le tube. Elle avait continué à masser son visage éclaboussé, où d'autres larmes ont coulé. C'était décidé, elle lirait les feuilles qu'on lui tendrait au temps des frondaisons renaissantes. Et on verra bien qui sont les voleurs.

Seulement, elle ne commencerait pas la lutte seule. Par politesse encore, d'une politesse étonnée, ses collègues aussi attrapaient les tracts donnés par ces gens dont elles ne savaient pas bien ce qu'elles avaient fait pour attirer leur attention. De toutes les façons, des femmes de chambre, la plupart auraient longuement hésité avant d'affirmer qu'elles tenaient ce bout de papier à l'envers ou à l'endroit. Aminata ne pouvait pas le lire, mais elle sentait que cette simple feuille fragiliserait son travail.

Dans un couloir, au vestiaire, dans la petite pièce au sous-sol de l'Inside, Rita parlait de ces tracts attrapés. À l'époque, ses mots atterrissaient dans le vide, les femmes de chambre n'avaient pas le temps d'écouter ça. Rita comprenait leur retenue. « Grève » était un mot flou, lointain, elles l'avaient déjà entendu à la tévé ou quand il n'y avait plus de RER ou quand les gosses revenaient à la maison sourire béant : Les profs font grève. Cette dernière possibilité demeure rare dans les quartiers où elles vivent, les profs étant davantage inexistants qu'en grève. Dans ses journées passées à briquer heure après heure dans leurs chambres éparpillées, Rita avait peu d'occasions de répéter ses arguments. Et le système du paiement à la chambre ne leur donnait pas l'envie de perdre du temps à blablater sur du peut-être. La flamme de Rita, jaillie sous une douche brûlante, faiblissait. Elle avait ravalé presque tous ses mots, jusqu'à ce que l'un d'eux, au cours d'un de ces échanges infructueux, échoue dans la bonne oreille.

10.

Le métro vers Issy continue de trembler, et de secouer la tempe de Rita posée contre sa vitre. Les paupières s'ouvrent, se referment, la bouche est pâteuse. Elle est à moitié endormie. En un instant, le léger sommeil la rattrape, et elle revoit par bribes ces moments qui ont conduit à la grève.

Sidibé, l'un des équipiers de l'hôtel, chargé de porter la literie propre aux femmes de chambre, était déjà engagé dans un syndicat. Il l'avait intégré du temps où il n'avait pas ses papiers. Un jour, la grosse chevalière qu'il portait à l'annulaire résonna trois fois contre la porte d'une chambre. Rita et Diva baissèrent d'un ton en l'entendant arriver. Sidibé avait perçu un peu de leurs chuchotements. Il leur conseilla d'ignorer le syndicat qui traînait devant l'hôtel, « Laissez ça ! », il dit d'une voix de sachant, avant de leur donner le numéro d'un vieux syndicaliste qui savait y faire avec les luttes d'Africains « comme nous ». « C'est grâce à lui que j'ai eu mes papiers », il lança, comme ultime preuve de sa fiabilité.

En Amado, elles ont d'abord vu un homme mou ; table, mur, épaule, lampadaire, porte : le genre à s'appuyer contre tout ce qui l'entoure. Il ne s'éveillait que quand il parlait. Là, c'était un autre. Les bras en croix, ce vieux baobab arqué touffu tordu redevenait droit et partait en exaltations furieuses contre le grand capital. « Ils grignotent, grignotent, et vos vies n'ont plus aucune valeur ! La sous-traitance aujourd'hui et bientôt, vous serez assaisonnées à autre chose. Mais moi, je serai encore là pour vos droits. » Le temps d'une réunion au syndicat, il avait réussi à faire plus que Rita en plusieurs mois. C'est un métier. Lui savait de quoi il parlait. Les femmes de chambre l'entendaient plus fort. Elles se faisaient avoir. Avec cette augmentation, les vies des enfants seront plus légères. D'autres ont réussi avant elles. Dans sa voix grave, la lutte offrait des lendemains chantants. Et sur les murs des salles du syndicat, de grandes photos de femmes « comme nous » l'entouraient, souriantes, bras tendus, affichant des sourires de vainqueur. Ces photos, reflets brasillants d'elles-mêmes, augmentaient les mots d'Amado, rendaient la lutte possible, et même gagnable.

Diva était de celles qui doutaient encore. Elle n'aimait pas la tendance d'Amado à la confondre avec Rita. Il arrivait aussi au vieux de prendre Rita pour Aminata. Diva avait cru à un problème d'ordre ophtalmologique, mais Amado portait de bonnes lunettes de la marque Alain Afflelou qu'on voit à la tévé. C'est juste que le syndicaliste avait du mal à distinguer les nuances de noir. Ses collègues étaient moins susceptibles, elles étaient habituées à ce genre de méprises. Diva n'était pas sûre, elle voulait attendre avant de se lancer dans une aventure qu'elle sentait incertaine. Amado annonçait déjà la suite.

— On partira en grève quand au moins la moitié des femmes de chambre seront OK. C'est la base nécessaire pour être en position de force. Après, on se préparera pour le début de l'été, c'est toujours le meilleur moment pour bien les faire chier.

Alors le fourmillement a continué dans l'étroitesse des secondes inventées par les travailleuses. On en parlait au vestiaire, lors de pauses imaginaires, dans le RER, et tôt le matin dans la petite pièce au sous-sol de l'hôtel qu'on appelle Choco. Deux « oui » manquaient encore. Diva remettait à plus tard. Aminata, engoncée dans son mystère, susurrait dans sa langue, Mariama traduisait : « Je donnerai seulement mon vote pour faire la majorité. » Ça permettait à Diva d'attendre. Elle s'abritait derrière la carrure de Grande comme s'il s'agissait d'un poussiéreux et beau bouclier lobala non restitué. Mariama justifiait les mots d'Aminata. Disait qu'au pays, là-bas chez elles, lors des palabres, la plus ancienne s'exprimait après les autres. Elles attendaient donc la voix de Diva.

Au même moment, des bruits couraient dans les couloirs de l'Inside. Rita avait partagé avec Diva les rumeurs qu'elles entendaient à son sujet, autant pour la prévenir que pour dissiper son doute. Les rumeurs disaient que Ménage à la française l'enverrait bientôt dans un autre hôtel, où elle passerait gouvernante. Diva répondait que c'étaient des faussetés. Mais vite, on a oublié tout ça. La voix de Mariama a déchiré toutes les incertitudes, entraînant dans son sillage celle de Diva et d'Aminata.

Un matin, elles se réunirent quelques minutes avant le service pour tenter encore de s'accorder. Les mêmes arguments se bousculaient les uns les autres. Mariama traduisait tristement les mots d'Aminata, mais avait plus de difficultés à traduire sa propre pensée, les faits passés. Un moment, elle bégaya sous leurs regards inquiets. Elle essayait, mais les mots sortaient mal, d'une voix cachée, fuyante, obstruée par sa respiration saccadée. L'air humide du sous-sol se faisait encore plus piquant. Mariama essayait de nouveau, et cette fois elle parlait, racontait dans un ordre bizarre. Les mots sortaient en français, mais la musique de sa voix était comprise par toutes les femmes. Un long silence inonda le sous-sol de l'Inside. Des explosions mouillées sur la table en formica le brisèrent. Les épaules de Diva tressautaient, comme si le sort fait à Mariama lui rappelait le sien. Des mains ont tenté de les calmer, en vain. D'autres mains cherchaient celles de Mariama. Le bruit autorisait le bruit. On entendit des malédictions fuser dans plusieurs langues : la tristesse, la résignation, l'impatience, la rage, la colère. Des gorges insultaient les longues généalogies de ceux qui avaient laissé faire ça. Le plafond pourri du Choco vibrait. Après ça, la main tremblante de Diva se leva comme pour attraper la grève, écrabouiller la grève, dire oui à la grève. Grande dodelinait de la tête, et répétait la même intention d'un sombre regard. Alors que le sous-sol tremblait encore du fracas de leurs malédictions, Rita essayait de remettre ses idées en ordre. Elle se demandait pourquoi elle n'avait pas vu plus tôt la beauté flétrie de Mariama. Mieux entendu ses traductions sorties d'un souffle poussif et monocorde. Elle ne pensait même plus à cette grève qu'elle avait tant cherchée. Après un moment à digérer, elles montèrent, appelées par leur labeur.

La sonnerie retentit, le métro ouvre ses portes. L'épaule secouée par une gréveuse, Rita décolle sa joue de la vitre. Elle remballe son filet de bave. *On va chez qui ? Chez Myriad !*, chantent les femmes en sortant du train comme pour partager du courage.

11.

Ici le silence crée les bruits, et souvent il leur succède.

Comme pour W. qui il y a peu gueulait à l'affût ! aartenaa ! à l'affût ! aartenaa ! à l'affût ! aartenaa ! quand il voyait débouler au loin une voiture blanc, rouge et bleu. Ou pour C. qui levait et faisait crier le cross, et par là même les darons de la cité, jusqu'à faire un soleil ou pire.

Et le petit frelon cherche la même chose : du bruit. Alors le gamin motorise son VTT à l'aide d'une bouteille de Cristalline. La taille de la teille de Cristalline c'est mieux que celle de Volvic, et aussi elle est plus facile à aplatir, il dit. Il glisse sa bouteille, qu'il a savamment moulée au préalable dans l'espace entre le hauban du VTT et sa roue arrière. Quand il roule, la gomme gratte le plastique, il est content, il fait crisser son cross.

Non loin de ces bruits, quatre garçons sont posés au milieu des grands ensembles gris de leur quartier. Ce dernier est ceinturé par deux villes, relié à elles par deux ponts. Ils écoutent l'harmonie des bruits quand un silence inattendu se ramène. Ro ré tu ! Ro ré tu ! Ro ré tu ! Ro ré tu ! Ils le brisent d'une symphonie de mollards. Un autre garçon, plutôt long de corps, arrive près d'eux. Wesh, CHR, bien ou bien ? dit Ro. Au calme, répond Christian qui du plat de la main tape deux fois dans celle de chacun des quatre garçons aux séants posés. Ro et Lass touchent leur pectoral gauche avec la main qui vient de checker.

Wesh, t'as quoi à l'œil ? demande Lass en détaillant le nouvel arrivant. Rien, répond Christian. Haha, ricane Pops, avant d'enchaîner : Je lui ai fait découvrir la boxe au petit, il s'est mangé un vilain crochet au visage. Les garçons éclatent de rire devant l'œil violacé de Christian. Rigolez pas vous ! coupe Pops, Qui a les couilles de mettre les gants ici ? Personne hein, donc vos gueules, bien joué CHR, il a du potentiel le petit avec ses longs bras, là, tu reviendras j'espère. T'inquiète, répond Christian.

C'est dur pour toi en ce moment, nan ? fait Piwi les yeux toujours pointés vers le long garçon debout. Non pas plus qu'à un autre, répond Christian. Si, si, c'est dur pour toi, qu'esse tu fous avec ce tabouret ? continue Pops. Au calme, il est pliable, je peux me poser dessus, j'peux le transporter, il est léger, j'suis repeint avec ça, frère, dit Christian. Pas possible que tu sois bien là-dessus ! gueule Piwi. Sûr que tu peux pas être bien, investis dans une chaise gros, c'est dix balles, fait Pops. Flemme de mettre dix balles dans une chaise, dit Christian. T'es en dèche ou quoi ? demande Lass. J't'les avance s'tu veux, kho, regarde ma chaise (il se lève quand il dit ça), Quechua, elle est propre, bleue façon, y a les accoudoirs, tu peux mettre ta canette là, pliante, légère, du vent, de l'air, plus légère que ton tabouret zizi, j'l'emmène partout, franchement ça te change la vie une chaise comme ça, celle-là c'est la plus reuch, mais si tu veux, j't'avance une comme celle à Ro, dit Pops. Il enlève sa casquette quand il dit ça, laissant voir une toison blonde peroxydée. Il semble chercher, au fond de ses pensées, le meilleur moyen de convaincre Christian d'abandonner son tabouret pour une chaise.

Franchement, la mienne c'est la meilleure gros, fait Piwi en tirant sur son joint avant de tousser, et de mettre son poing devant sa bouche. Au calme, j'suis bien, répond Christian en dépliant son tabouret, il a plus de mal à plier son grand corps, quand il y arrive, il s'assoit. Une voix nasillarde interrompt le débat. Ro : Les frères, j'suis en train d'écrire un nouveau morceau sur ici, la première phase fait : *Yo j'suis de l'Île-Saint-Remy kho !* Je cherche la suite, ça va être lourd de chez lourd, vous allez voir.

Piwi tient son joint entre pouce et index, et donne de légères pichenettes dessus avec un ongle sale de son autre main : Eh les reufs, vous savez pas vous, l'autre jour y a un enculé il a voulu me péta ma chaise, j'étais allé chercher mon Tropico chez le rebeu, quand je reviens, il était en train de tourner autour de ma chaise, le fils de chien, j'suis arrivé vénère, j'ai fait : « Tu fous quoi ? » Il m'a téma, j'l'ai téma, j'l'ai fait flipper, il s'est barré. Il avait la sale gueule d'un mec de RC, ils prennent v'là les risques eux, à venir seul tout ici. Pops lâche son rire gras, avant de dire, espèce d'historien va. Genre, t'as fait détaler quelqu'un, toi ? Piwi répond avec sa voix traînante, yep, il s'est barré direct, ça s'appelle le charisme. Des barres, rigole encore Pops, genre tu l'as fait détaler, fait belek avec les mecs de là-bas, ça vaut pour vous tous d'ailleurs. Ça s'est tapé l'autre jour avec les gars de RC, marteaux, couteaux, battes, y a même un keumé il s'est ramené avec un fouet, j'vous jure le gars s'est cru dans *Indiana Jones*. Et t'es un mytho Piwi, parce que les baltringues de RC se déplacent jamais seuls.

Ça s'est embrouillé pour quoi ? demande Christian. Hmm la vie, je sais même pas, répond Pops. Moi on m'a dit y a un mec de RC, il a téma sale, fait Ro. Non, j'crois que c'est une histoire de bibis, un mec d'ici a taro la meuf d'un mec de là-bas, en vrai j'ai entendu un truc comme ça, fait Pops. À mon avis y a moyen que ce soit un bail de chaises, dit Piwi. La vérité, personne sait, mais faites attention les frères, dit Lass d'une voix grave dominant toutes les autres.

J'crois à l'histoire de meufs, c'est des grosses tchoins les meufs de RC, dit Ro. Pops met sa main sur l'épaule de Ro, pas loin de vaciller de sa chaise. Le blondinet demande, comment t'sais que c'est des tchoins ? T'en a taro une ? Euh non, mais c'est ce que ça raconte, répond Ro. Quatre garçons se marrent bouches grandes ouvertes.

Eh, les frères, ça raconte quoi après les vacances ? demande Christian. Ça dit rien, fait Piwi. Ça dit qu'il te faut une chaise, Tabouret. J'vais t'en trouver une, j'aime pas te voir galérer sur un tabouret, ça se voit ton dos souffre, fait Pops. Vas-y toi aussi, j'suis bien sur mon tabouret, dit Christian. Tu verras, ton dos me remerciera, Tabouret, dit Pops. Y a pas de vacances pour moi petit, ça taffe tout l'été, vous vous êtes bien les merdeux, à être encore à l'école, fait Lass. Moi, j'vais en général, y aura de la meuf dans mon lycée, dit Christian. Tu veux raconter ta vie toi en fait, laisse-nous profiter du soleil, dit Piwi. Haha, tu sais ce que tu vas faire en CAP ? demande Christian en tapotant sur l'épaule de Piwi. Ce dernier fait comme s'il n'avait pas entendu. Parce que moi j'sais, lundi tu vas construire une chaise, mardi tu vas la détruire, mercredi tu vas la reconstruire, et ainsi de suite, et ça sera pas une chaise Quechua gars, du vieux bois, fait Christian. Wesh Tabouret, fais pas le fou, tu vas revenir ici avec ton master, c'est moi qui vais être obligé de te trouver un taf, dit Pops. D'ici là, j'aurais déjà percé dans le rap, les frères, dit Ro.

CHR, c'est un bon fils, il se tue à l'école, bien pour toi si tu vas en général, dit Lass. Vas-y, Tabouret c'est un prisonnier aussi, il est jamais dehors, d'ailleurs qu'esse tu fous dehors à cette heure-ci ? T'as une permission pour les vacances ? Ta daronne va venir te chercher avec le bâton, Tabouret. Vous vous rappelez le jour où la mère de CHR elle est descendue le chercher en bas de la cité, j'ai pleuré tellement j'ai ri, elle l'a attrapé par le col devant tout le monde, elle a dit : « *Zimbobo mala yo*, rentre à la maison, imbécile ! » Qui se souvient ? Les garçons continuent de se marrer. Les coins de bouche de Christian laissent échapper de faibles : Espèce de sale mytho.

J'connais les douilles de CHR, dit Piwi, des barres, ouais maman j'vais à la bibli, maman j'vais à la MJC, maman j'vais au foot, les seuls moments où il peut sortir de zonz, on connaît les techniques gros.

Des barres, vous savez pas vous, CHR, il a eu la meilleure note l'autre fois en histoire, il a commencé à faire le fou, ouais j'suis chaud, blablabla, j'vous ai mis une cartouche, blablabla. Le prof d'histoire, il l'a tué, il a fait : « Ouais c'est bien Christian, t'inquiète pas, plus tard tu seras vendeur chez SFR. » Il l'a mis KO, tout la classe était en larmes. Ce fils de grosse timp là, dit Christian se rappelant la scène. Laisse-les parler CHR, t'as raison la vie de ma mère, quand j'aurai un fils, s'il travaille pas à l'école je l'envoie direct au bled, dit Lass.

Même Ro, il fait l'rappeur mytho, mais il a taffé cette année. Il file droit depuis sa GAV, dit Piwi. J'te jure, il a ramené les schmitts chez lui, son daron lui a mis une gifle de maçon, il a réveillé tout son bâtiment, t'as encore la trace de son parpaing sur ta joue, ricane Pops. Vous savez ce qu'il m'a dit ? Que plus jamais on l'enfermerait dans une cage, il a juré la vie d'sa mère, dit Lass.

Ah ouais, c'est mort, plus jamais de GAV, dit Ro. J'veux pas d'la vie à Pops dit « l'Enfermé ». La tête de oim, j'ai dormi sur leur banc en métal là, mon corps était plus à moi, ils m'ont pas respecté ces fils de chien. Après tu deviens accro aux bruits de clefs, la vie de ma mère, pire accro que Piwi avec la fumette, à chaque fois que t'entends des clefs tu crois c'est pour toi, que c'est bon, tu vas enfin sortir de ta cage, t'es à l'affût de bruits de clefs, tu tends l'oreille de fou, enfin t'entends des clefs, mais c'est pas pour toi, c'est jamais pour toi, la vie. Avant j'rêvais de meufs, normal, limite maintenant je rêve de bruits de trousseau de clefs qui viennent me délivrer, truc de fou. Plus jamais ça les frères. On est pas fait pareil avec Pops, mais ça m'inspire, j'vais faire un son dessus, faut au moins que ça serve.

Ils rendent fous les chtars, ça se voit ils s'ennuient, j'leur dis pourtant quand ils passent que c'est calme, qu'on s'ennuie, qu'il se passe r à Saint-Remy Island, fait Pops en secouant la tête. C'était quoi votre dernière trouvaille aussi, encore une idée de génie de Miel Pops, se marre Piwi. Vas-y toi ta gueule j'vais t'niquer ! T'as pas la déter comme moi, va construire tes chaises, et au passage t'en feras une pour Tabouret, fait Pops. Les petits frères, on rigole, mais en y repensant, surtout en ce moment où y a rien à faire, faites bien attention aux mecs de RC, fait Lass. Pops appuie le propos d'un bruit de bouche. On a compris gros, répondent les autres garçons d'une même voix.

C'est comment les govas ? demande Christian en se tournant vers Pops. J'suis sur les côtes d'un Clio, deux phase deux, noire, toit ouvrant, propre, répond Pops, j'viendrai te chercher avec quand tu commenceras le lycée, Tabouret, on fera monter des bibis avec ça. À pied et en tabouret, ça va être dur pour toi mon gars.

Pas d'inspi sa mère, normal avec la dalle que j'ai. Chauds pour un grec ou quoi les frères ? demande Ro. Sale gros porc ! Tu penses qu'à graille toi, en plus t'as pas d'accoudoirs, tu la mets où ta canette d'Oasis ? Du coup tu mérites pas de boisson, et téma Tabouret comment il va graille le pauvre ? Par solidarité pour lui oublie ton grec mon gros ! fait Pops.

Bon les amigos moi j'vais pas tarder, fait Christian. Mon gars Tabouret, c'est lui « l'Enfermé » wesh, tu vas sortir quoi comme vice à ta daronne ? Fais-nous rire un peu, dit Pops. Vas-y avant de partir allons graille au thaï de la gare, c'est à côté, et c'est pas cher, fait Lass. Vas-y la vie j'commence à avoir faim de ouf en plus, pliez vos chaises les frères, fait Piwi. Tranquille, on les laisse là, on revient, dit Pops. T'es fou toi, y a des gens en galère ici, rien que ça péta des chaises, fais ce que tu veux, moi j'embarque la mienne. La même, dit Lass. Bande de petites baltringues, j'la laisse moi, y a rien ici, on est chez nous, fait Pops. Vous avez raison les gars, j'embarque mon tabouret, dit Christian. Les garçons se mettent à rire.

Ro les joues rosies sort son téléphone, tapote en vitesse sur l'écran, et gueule. Les frères j'ai trouvé les premières phases, ça fait :

J'suis de Saint-Remy Islaaaaaaaaand
J'suis un tsunami toi t'es la Thaïlaaaaaaaaaande

12.

L'été et ses moments tant recherchés passent sans elles. C'est un avion qui éventre le ciel, et on est loin. Ce sont les petites roues d'une valisette qui grattent le sol, et on est à la maison. C'est un gloussement d'enfant qui perturbe nos bruits, et on entend les nôtres. Aminata abaisse ses yeux sur la nourriture, sa main tremble entre deux casseroles. La cuillère à riz plonge dans la sauce mafé, et quelques grains blancs oubliés dessus s'en vont nager à la surface du liquide orange. Grande émet un soupir, elle ne fait jamais ce genre d'erreur d'habitude. Des sillons de sueur dégoulinent sur son cou. Elle se prend en pleine face la vapeur sucrée de la sauce mafé qu'elle verse sur une montagne de riz blanc fumant.

Après une minute à boitiller autour de la table, elle trouve enfin le couvercle du tupperware. C'est pour l'un des clochards du quartier, désormais habitué à venir chercher sa gamelle vers les coups de midi. Quand elle la lui donne, il sourit, et montre trois dents noircies avant de mettre la chaude boîte dans un cabas froissé-fatigué déjà surchargé de la bimbeloterie de toute une vie. Aminata verse maintenant une louche de sauce sur son repas de tout de suite.

— Eh ben dis donc, tu pètes la forme aujourd'hui, dit-il, en dilatant ses narines au-dessus de l'assiette en plastique.

Grande acquiesce de deux coups de menton, et d'un sourire donné bouche fermée. En regardant ses dents restantes, elle repense surtout à sa nuit d'hier à préparer cette sauce. Elle s'était endormie avec des cernes, des odeurs de tomates concentrées et de Dakatine dans le nez. Aminata aime ça, cuisiner, mais la situation présente en fait une tâche supplémentaire. Depuis leur arrivée la semaine passée, chaque jour, les briseuses semblent embaucher plus nombreuses que la veille. Les gréveuses, elles, affichent les traits tombants de celles qui arrêteront bientôt la lutte. Aminata porte ce masque même à la maison. Hier soir, elle a préparé ce mafé pendant que les enfants mangeaient. Après, tellement fatiguée, elle a abandonné la vaisselle dans l'évier, ce qui ne lui arrive jamais. Depuis petite, elle lave au fur et à mesure qu'elle prépare. Cette fois, les enfants s'en chargeraient peut-être avant son retour. Elle ne nettoie plus les chambres d'hôtel, mais elle est quand même éreintée. Femme et mère sont aussi ses métiers. Et cette grève lui fait questionner ses habitudes. Ces femmes arrivées de nulle part, ces briseuses, là, sont une incertitude de plus. Cette grève déséquilibre son rôle. De bonne mère, de bonne femme, respectant les règles. Libasse, son mari, avait accepté son entrée en lutte. L'argent de la caisse de solidarité compense presque leurs faibles salaires, et la grève va les augmenter demain, mais demain s'annonce plus lointain avec ces briseuses. Présentement, elle sent dans le regard du mari, les intonations désagréables de sa voix, sa respiration obstruée par des soupirs répétés, le reproche. Les tâches domestiques, son monde, sont bâclées, expédiées. La lutte demande plus d'énergie, de présence, que son travail habituel. Aminata est flottante, loin, absorbée par ses besoins. Boiter sur ce chemin incertain est aussi un travail sans pause. Quand elle fait passer l'aspirateur à Amadou ou Alikalifa, le papa a l'œil sombre et pointu. Grande pense au temps qu'il mettra avant de lui dire de reprendre le travail. Au lieu de ce dernier mot, elle entend déjà : « vie respectable ».

— Aïe ! hurle l'édenté.

Aminata a versé trop de sauce, dont un peu sur ses doigts. L'homme fait passer son assiette dans son autre main, et soufflote sur son pouce brûlé.

— Au moins, ça sent bon votre truc, là, dit-il. Comment ça s'appelle déjà ?
— Mafé, elle répond d'une voix peu assurée.

Aminata regarde la sauce colorer la barbe du gars sans rien dire. Elle ne peut même pas évacuer son inquiétude par les mots, ici, personne ne comprend sa langue. Elle entend quelques bribes de français, mais peut à peine répondre.

Grande est emportée comme une feuille dans la bourrasque. Autour d'elle, le piquet, où Amado parle en français, Rita et quelques autres gréveuses aussi. Ça fuse beaucoup trop vite pour qu'elle comprenne quoi que ce soit. Alors son esprit se pose sur la musique des choses. Une phrase un peu gardée en soi ou lâchée trop vite. Un visage large, qui dit non, non. Des doigts qui recoiffent des cheveux gris et gras. Le silence du piquet, lent, en ordre, les objets – drapeaux, instruments, casseroles – immobiles sur la table. Les draps sales redevenus des draps sales. Les pancartes redevenues de simples bouts de carton. Le trottoir, noir et nettoyé, parsemé d'aucun confetti. Sa patience est le remuement d'un esprit qui croît, comme une plante, comme une idée, et qui en a surpris plus d'une.

Au début, elle avait senti de la méfiance dans les yeux de Rita. Son foulard, ses silences. Son regard tentait de se poser discrètement sur elle. Une frontière invisible comme épaisse s'installait, entre celle qui parlait français, et l'autre qui se taisait, celle qui répétait le nom de Jésus, et celle qui patientait avec celui d'Allah. Mais les esprits vivaces dépassent ça. Grande posait des actes, et ces actes grandissaient encore à la trouble lueur de ces préjugés.

Aminata entend leur mélodie inquiète, bousculée par les grognements du syndicaliste. Elle regarde chacune avec des yeux rouges qui disent : « Il faudrait poser un acte. »

Amado continue de gueuler au téléphone. L'inspecteur du travail est en train de lui poser un lapin. Il ne viendra pas aujourd'hui finalement, ni demain non plus. Le syndicaliste raccroche, dégoûté, même s'il avait peu d'espoirs de reporter ce rendez-vous aux prochains jours. Le nombre d'inspecteurs du travail s'était tari comme jamais ces dernières années, ils ne sont pas près d'inspecter quoi que ce soit à l'Inside. Il allume une cigarette, et tire rageusement dessus. Rita sent ses collègues encore empesées. Contrepoint aux respirations ruminant la présence des briseuses, aux murmures enflant les bouches, Rita lance un mot à l'adresse de Diva.

« Tu as bonne mine. »

Diva ne relève même pas. Mais tout autour, la phrase fait sourire le reste des gréveuses. Le teint de Diva est un sujet de discussion récurrent entre elles. Chaque jour, son visage s'éclaircit un peu plus, croient la plupart, et on distingue de mieux en mieux les poils sombres du duvet au-dessus de sa lèvre supérieure. Depuis qu'elles la connaissent, pour sûr, sa peau a changé, même si Diva soutient fermement le contraire. Certaines la taquinent, disent qu'elle pète plus haut que ses fesses, que c'est pour devenir gouvernante ça, ou finir plus haut que femme de ménage en tout cas, alors qu'au fond elles aimeraient bien connaître un produit tellement efficace et abrasif comme celui qu'elle utilise.

— Ça coûte combien ta crème, Diva ? demande une.
— De quelle crème tu parles, toi ?
— De ta crème pour être blanche ? dit une autre.

Les gréveuses rient à gorge déployée. Diva soupire, et continue de lancer de méchants regards vers les portes de l'hôtel, où le va-et-vient des clients continue, où pourrait bientôt entrer ou sortir une briseuse.

— On est en train de gaspiller notre temps ici. Elles, là, sont à l'intérieur, en train de tuer petit à petit notre grève, et vous vous êtes ici à rire gratuitement.

La voix de Diva réussit fissa à faire retomber l'atmosphère du piquet de grève. Elles aussi regardent avec du feu dans les yeux ces gens souriants en train de rôder devant leur hôtel. Dans le fond de leurs pupilles, on voit qu'ils ont découvert des chambres bien proprettes, des lits somptueusement moelleux, des draps soyeux, et qu'ils n'ont qu'une hâte, retourner rouler leurs séants dedans. Et ça, c'est à cause des briseuses qui nettoient leurs chambres.

Des murmures parcourent le piquet quand deux femmes sortent de l'hôtel. Rita ne les connaît pas, mais les identifie immédiatement comme femmes de chambre, et briseuses de leur grève. Une lueur jaune dans le regard, des pas traînants déjà, racontant leur mi-journée, et la peau noire, c'est peut-être comme ça qu'elle les a reconnues. Enfin, elle ne sait pas, mais elle avance vers elles, suivie du reste des gréveuses.

— Vous revenez demain ? demande Rita.
— On sait pas encore, répond l'une d'elles.

— Vous savez que c'est nous que vous remplacez à l'intérieur.

— On sait rien, c'est que notre premier jour ici.

De l'index, Rita trace un cercle imaginaire incluant les gréveuses autour d'elle. Les deux femmes ont l'air vaguement intéressées par ce qu'elle raconte. Rita leur explique que si leurs revendications sont acceptées par les patrons, l'avenir sera bon pour « Vous aussi ».

— On est pressées, on doit aller travailler dans un autre hôtel, dit l'une.

— Et toi, tu n'as jamais remplacé personne ? demande l'autre sèchement.

Rita sent ses joues brûler, ses aisselles picoter. Elle entend ses lèvres articuler d'une voix faible qui semble celle d'une autre, « non », « non », « non », et elle repense à l'œil tordu de la femme du souvenir, maudit œil qui la zieute jusqu'à aujourd'hui. Autour, un frémissement saisit les gréveuses. Les épaules s'affaissent. Leurs regards se perdent. Elles aussi semblent se souvenir avoir été appelées dans un nouvel hôtel, la veille pour le lendemain, le matin pour l'après-midi, le matin pour le matin, où elles ont briqué, et brisé quelque conflit.

Les deux briseuses n'attendent même pas la réponse de Rita. En les regardant quitter ici, Rita comprend pourquoi la femme à l'œil tordu n'était jamais venue lui parler.

L'urgence de leurs tâches empêche de voir différemment. À l'époque, Rita n'aurait rien vu non plus, ni cru qu'elle aurait pu changer quoi que ce soit, elle avait d'autres choses à penser. La lutte est collective, certes, mais y prendre part est d'abord un combat individuel. Ça ne se décrète pas. La femme du souvenir savait ça. Qu'aurait fait la femme du souvenir dans ce mauvais moment, ou l'autre jour pendant l'interminable attente devant le siège du groupe Myriad. Qu'aurait-elle fait ?

13.

En rentrant ces jours-ci, ses yeux fatigués se posent sur les mêmes vacanciers. Des garçons qui jouent au foot dans un city où le vert du gazon synthétique est plus noir que vert. Des filles qui piaillent près des aires de jeux en surveillant leurs petits frères. Ces filles ont les mêmes têtes que l'année dernière, mais des corps deux fois plus longs. Derrière, au cœur de la cité, l'école primaire en briques rouges. Devant, des grappes de mamans discutent des demains, des après-demain, en attendant la sortie des enfants du centre de loisirs.

Rita dépasse boulangerie et épicerie, deux poumons chancelants aux devantures cornées, mais qui dépannent jusqu'aux heures tardives de la journée. De l'autre côté, c'est la Cité Verte, et ses sept bâtiments empilés comme les membres d'un corps décharné, dont l'épiderme vert a viré au gris. En face d'elle, un autre HLM : la Cité Rouge. Trois bâtiments seulement. Mais beaucoup plus haut, vingt-cinq étages chacun. Ils ne seront bientôt plus qu'un tas de gravats. La plupart des familles qui s'y sont constituées n'ont connu que cet endroit. Elles y ont fait des rencontres. Vu naître leurs enfants. Les ont élevés. En ont pleuré d'autres. Avant la destruction finale, on les ferait déménager par grappes vers d'autres cités environnantes. Après tout, elles ne perdraient pas grand-chose. Ici, les façades brunissent. Sous les balcons on observe d'inquiétantes fissures. À l'intérieur, l'humidité court sur les murs. En bas, des adolescents installés sur des chaises pliantes gueulent : à l'affût ! aartenaa ! à l'affût ! aartenaa ! à l'affût ! aartenaa ! quand ils voient une mine ou une voiture suspectes approcher.

Ceux qui décident pensent qu'en détruisant ces bâtiments, ils détruiront aussi le trafic de drogue qui s'active à leurs pieds. « Ils iront où une fois que leurs tours seront tombées ? », se demande souvent Rita en passant devant, égrainant le compte à rebours avant leur explosion. Pourtant, ces tours ne sont pas si vieilles, datent des années soixante, mais encore debout ou devenus tas de ruines, ces immeubles jetables ne racontent plus que l'échec et la courte vue de leurs bâtisseurs. Quand Rita regarde vers la Cité Rouge, ça palpite dans son ventre. La griffure de l'éventualité mauvaise. Elle a toujours peur d'apercevoir Christian au pied d'une de ses tours. Son fils n'est pas là. Juste après elle rend grâce, *Akpé na Mawu*, et se dit, ce n'est pas si mal que ça de vivre à la Cité Verte. À l'époque de sa demande de HLM, ceux qui décident auraient pu l'envoyer en face. Dans l'ascenseur qui monte, elle se demande combien d'années encore la Cité Verte tiendra avant qu'on la fasse sauter.

Pas le temps de tourner la clef que Loïc a déjà ouvert. « J'ai entendu le bruit de l'ascenseur », glousse le petit. Sa mère lui pince une joue, et traverse le salon pour aller dans la chambre. Elle se déshabille lentement sur son lit, absorbée par celui-ci, après un long soupir, elle se relève, et fait le trajet en sens inverse vers la salle de bains.

— Ton frère n'est pas rentré ?

— J'ai faim, y a rien à manger, braille Loïc une main sur le ventre.

— Il est où ?

— Il est pas là, il traîne dehors. J'ai faim, continue le petit.

La maman ignore ses faux pleurs, et entre dans la salle de bains. Fait couler l'eau dans le seau. Sa perruque est dans ses mains, elle la secoue, lui met quelques coups de brosse, puis la pose au fond de l'armoire. Elle enfile son bonnet de douche, et va dans la baignoire. Avec un gros bol, elle asperge son corps d'une eau sortie tiède. Rita savonne son filet, maintenant en combat contre sa peau épaisse. Elle frotte avec, bras, aisselles, seins, cou, sexe, ventre, et jambes. Les mêmes gestes malgré la grève. Elle frotte toujours aussi fort sur cette peau, réglée par un travail qu'elle achève sur elle-même, trop habituée à lutter contre les éternelles odeurs de javel. La fatigue est encore là, et l'esprit alourdi de ne pas savoir ce qui changera demain. Un nouveau coup de chien (grand pardon, ô beaux canidés) des patrons ? Après l'arrivée des briseuses, l'humiliation de l'autre jour au siège de Myriad, comment riposter ? Et demain, combien d'argent dans cette caisse de grève qui aide à tenir ? Elle sort de la baignoire et, face au miroir recouvert d'une fine couche de buée, devine son reflet vieilli.

Loïc est devant la tévé, quand il voit sa mère passer, il se met à pousser des petits vagissements. « J'ai faim », il hurle au cas où elle n'aurait pas entendu avant. Elle le fixe avec des yeux pointus, d'un coup ils s'arrondissent. Maman et fils sourient. Dans la cuisine, Rita tire un paquet de biscuits de l'armoire. *Va fié*, elle dit d'une voix retenue, gardée en elle-même, comme obligée par l'ordre du fantôme d'un mari qui lui avait interdit de parler cette langue avec les enfants. Ce serait pour leur bien. Connaître cette langue compliquerait leur apprentissage du français, disait-il. Elle avait obéi, pendant un temps seulement. *Va fié !*, elle crie. Loïc arrive en courant. Elle lui donne quelques biscuits avant de commencer à préparer la nourriture.

Le temps passe. Ils sont devant la tévé. Dedans une dame bien coiffée se plaint. Loïc regarde plutôt des vidéos rigolotes sur le téléphone de maman. La dame bien peignée parle de choses moins drôles, « de problèmes majeurs » : ensauvagement, sécurité, immigration. Elle dit que les frontières françaises n'ont rien à envier à des passoires à maille. Dans leurs assiettes, le foufou baigne dans la sauce gluante et verte. Rita dévore à la main (droite), Loïc à la cuillère, mais ce maladroit se met plein de sauce gombo sur les doigts. On entend bientôt la serrure grincer. Un garçon long et casquetté passe devant le salon. Rita, d'un pas tonitruant, bondit pour l'intercepter.

À la tévé, la femme bien peignée s'est arrêtée de geindre. Elle dit : « En tout cas ce soir, on peut se féliciter de nos excellents chiffres concernant le recul du chômage. »

14.

Rita bloque le chemin de la chambre à son fils. Elle lui ordonne de lever sa casquette (pour être exact Rita dit « chapeau ») afin de voir son visage. Christian donne un petit coup sec dans la visière, dévoilant un œil droit rouge et enflé. Rita pousse une série de cris aigus. Avec sa langue, elle essuie ses doigts encore imbibés du gluant de la sauce gombo, et saisit le visage de son fils.

— C'est quoi ça ? Tu t'es battu ?

— Lâche-moi, t'as de la sauce sur les doigts, râle Christian en reculant d'un pas pour échapper à la prise de sa mère.

— T'as quoi à l'œil ?

— Rien, j'ai fait une initiation à la boxe hier aprèm, j'ai pris un mauvais coup.

— Boxe. Tu es fou ou quoi ? Pas question que tu fasses de la boxe. Pour te faire casser la bouche ? C'est la première et dernière fois que tu y vas. Tu m'as comprise ?

— Faut que je fasse du sport moi, j'ai pas pu faire foot cette année, déjà, et la boxe, ça coûte presque rien.

— On verra pour le foot après les vacances, mais tu arrêtes la boxe dès maintenant.

— Les inscriptions au foot pour la rentrée c'est maintenant que ça se passe, c'est pas après les vacances.

Rita détaille l'œil droit de son fils. Le blanc de l'œil n'est plus blanc, et plus bas, la peau est devenue violette, a pris du relief, la boursouflure brille comme si on avait massé un liquide dessus. Elle se demande s'il a fait exprès de prendre ce coup, un reproche caché pour le manque de sous qui l'a privé d'une licence de foot l'an passé. Elle hésite à lui demander, mais il ne dirait pas la vérité là-dessus. Soudain, elle remarque l'objet qu'il porte à l'épaule.

— C'est quoi ça ?

— C'est un dinosaure, dit-il, affichant son sourire espiègle.

— Le tabouret. C'est quoi ?

— C'est un tabouret, tu le vois bien.

— Tchip, tu vas faire quoi avec ça ?

— Qu'est-ce que tu veux que je fasse avec un tabouret ?

Christian replace sa casquette, avant de faire une démonstration de colporteur avec son siège. Il le déplie, le replie, à l'envers, à l'endroit, plaque ses quatre pieds au sol, non, non, il n'est pas bancal, exhibe l'assise en simili cuir noir un brin esquintée.

— T'as trouvé ça où ?

— Juste dehors, il est propre hein, pour la chambre, on pourra poser des trucs dessus.

Christian, satisfait de sa démonstration, replie le tabouret et le remet sur son épaule, avant de continuer :

— Bon pour le foot, c'est maintenant les inscriptions, si tu m'inscris pas, moi je me mets à fond dans la boxe.

— Tu vas attendre un peu, mais ce sera OK pour ton foot, on aura bientôt fini la grève, dit-elle pour s'autoconvaincre.

Elle lance cette promesse d'une voix partie trop vite, mais c'est déjà du sûr pour lui. Il est trop jeune pour s'intéresser à cette vie qu'on nous fait, barricadé dans son présent, celui d'une adolescence à brûler, à esquiver l'ennui avec les copains. Plus tard, bien plus tard, il s'intéressera à cette vie qu'on nous fait. Ce genre de mots précipités l'engagent encore plus dans sa lutte. Rita s'en rend compte en se taisant. Puis elle promène ses yeux entre Loïc et Christian.

— C'est bon aussi pour tonton de Lyon (en vérité vraie tonton habite à Villeurbanne). Vous irez passer les vacances là-bas avec vos cousins, vous allez voir autre chose, c'est mieux que de rester ici tout l'été.

— OK, fait Christian d'un air vaguement intéressé.

— Tu vas le laisser comme ça ? demande Loïc en pointant son grand frère avec un doigt trempé de sauce gluante, t'as vu à quelle heure il est rentré. Il faut le fouetter fouetter fouetter.

— C'est vrai ça, je t'ai dit de rentrer avant 19 heures, Christian.

— Toi, tu vas voir dans la chambre, glisse Christian en articulant tout doucement et en lançant un mauvais regard vers son frère.

— M'an t'as vu ce qu'il dit !

— 19 heures, pas une seconde de plus la prochaine fois, répète la mère.

— Ça va, j'ai eu mon brevet, j'passe en général, j'ai tout fait bien cette année, on n'est pas en prison.

— 19 heures, sinon je viens te chercher moi-même dehors la prochaine fois devant tous tes amis.

— Mouais, si, si.

Face à son gros front récalcitrant, Rita hésite à leur donner le jeu. Elle lui avait dit d'obéir s'il voulait sa surprise. C'est son autorité qu'on remet en cause, qu'on défie, non ce n'est pas bon. Attendre quelques jours de plus avant de leur passer ne leur ferait pas de mal. Quoique, tout de suite, ça éteindrait quelques ardeurs, et finalement donnerait raison à son autorité diluée. Elle revient de sa chambre à coucher avec un sachet, d'où un bout de la jaquette dépasse légèrement. Il ne leur en faut pas plus pour reconnaître la dernière édition de leur jeu vidéo préféré. C'est un concert de mercis pour Loïc, dont les petits bras embrassent les genoux de sa mère. Dans le cafouillis sonore de l'instant, Rita croit même entendre un « J't'aime trop maman ». Elle dépose une caresse sur son crâne. Christian est plus réservé. Il dit simplement : « Merci », agrémenté d'un demi-sourire. Rita refuse de lui passer le jeu, et replie son bras.

— C'est tout ? Fais-moi un bisou au moins.

Le long garçon hésite, avant d'embrasser sa mère du bout des lèvres. D'un vif geste de la main sur son épaule, Rita donne plus d'ampleur à ce baiser. Elle lui passe enfin FIFA. Les deux garçons se précipitent dans leur chambre. Rita tempère leur course, et dit :

— Si jamais ça crie, je reprends le jeu !

La mère secoue la tête, et va chercher des glaçons au congélateur. Leur excitation arrive jusqu'à elle. Le Barça. Le Real. Non, le PSG. Tu triches, c'est trop facile avec Paris. Des noms d'équipes à choisir, et l'émerveillement devant les demi-nouveautés affichées sur leur écran. Rita sourit en glissant quelques glaçons dans un sachet en plastique. Puis son visage se durcit. Elle pense encore à l'œil gonflé de Christian.

15.

Quand des clients sortent de l'Inside, les gréveuses tendent des tracts détaillant leurs conditions de travail dignes d'avant le 27 avril 1848. Certains en attrapent sans vraiment les regarder. Ils scrutent plutôt des plans dépliés, jettent des coups d'œil rapides à leurs montres, lancent des phrases dans des langues qu'elles ne comprennent pas. Rita préfère imaginer ceux ayant rebroussé chemin en apercevant le bordel sur la place. Ces clients disparus, Myriad les sentirait, réagirait, et enfin on les écouterait. La grève paraissait simple et limpide, vue ainsi.

En arrivant ce matin, Amado a proposé de voter entre trois actions à mener contre Myriad. Pour deux des trois missions en question, il s'agit d'envahir un bâtiment. Les femmes ont jusqu'au soir pour gamberger avant de choisir.

En attendant, Diva, au milieu du piquet, fait violemment tinter la caisse de grève. Cette musique aiguë, sonnante et trébuchante, est un refrain qu'elles aimeraient entendre sonner moins creux. Ce son est justement interrompu par la voix d'une cliente attrapant un tract. « C'est vraiment inacceptable », se désole-t-elle. De grosses lunettes à monture rectangulaires lui mangent la moitié d'un visage où courent les rides, l'autre est cachée par une frange d'un noir étrangement bleuté. Ses lèvres sont soigneusement surlignées de rouge. La femme sort un billet de 50 euros de son portefeuille et marque un temps d'arrêt, comme si elle n'avait pas entendu l'appel tintamarrant de la caisse de grève de Diva. Puis glisse le billet dans la fente. « Merci », répondent à l'unisson les gréveuses ayant vu le billet orange.

— C'est normal. Je remonte tout de suite, je vais quitter cet hôtel immédiatement.

— Pas la peine, madame, dit Diva, on veut pas vous embêter, mais vous saurez comment travaille ce groupe maintenant.

— Si, si, c'est la peine, c'est inacceptable, ce serait comme soutenir cette entreprise ignoble si je restais tranquillement ici ce soir, renchérit la femme dont le visage pâlit à mesure qu'elle parcourt le tract. C'est vraiment chouette ce que vous faites, je suis de tout cœur avec vous.

— Merci encore pour le geste, madame, ça va nous aider à tenir le coup pour les jours à venir.

— Je reste à Paris un moment, donc si vous avez besoin d'aide pour rédiger des papiers, communiquer, ou ce genre de choses, je peux aider.

Les deux femmes continuent de discuter jusqu'à ce qu'un vieil homme au regard épais passe entre elles. Le type pose ses yeux lourds sur les confettis au sol, les instruments improvisés, et sur les gréveuses. Chacun de ses regards est accompagné de moues exaspérées ou de mouvements de tête, non-non. Plus large que long, le bonhomme frôle les deux femmes l'air mauvais en disant quelque chose. Le sifflement de sa voix fait le bruit d'une craie griffant un tableau noir.

— Venez dire ça ici, monsieur, au lieu de traverser comme si de rien n'était, lance la femme lunettée.

Diva n'est pas loin de jeter sa grosse urne en bois dans la face du type à qui elle demande : « Répétez, pour voir ». Le grisonnant monsieur à la veste caca d'oie agite mollement sa main, genre du vent. La femme à lunettes avance d'un pas décidé vers lui. Rita et Aminata flairant le danger empêchent Diva de faire de même.

— Lâchez-moi, les filles, ho ! Répétez monsieur, continue Diva, dévoilant le large écart entre ses dents de devant.

— C'est pas bientôt fini ces braiments, non ? J'ai simplement dit que si vous n'êtes pas contentes, vous rentrez chez vous et puis basta.

Quand elles entendent le type, les gréveuses vitupèrent, crient, tonitruent dans sa direction. Sous les bruits de leurs gorges menaçantes, on n'entend même plus les mots de Diva : « Eh menteur, tu n'as pas dit que ça, monsieur. »

— Vous vous prenez pour qui pour parler aux gens comme ça ? dit la femme lunettée. Dites-moi où c'est chez elles ?

— En Afrique. Regardez-moi comment elles beuglent.

— Non, c'est ici chez elles, monsieur.

— Je les connais bien les gens comme vous, hein, toujours derrière les grandes causes. Vous croyez que cette bonne femme est votre amie ? Eh ben non, du tout, vous n'êtes que la charrette de ses beaux idéaux, des symboles, vous n'êtes pas son égale, pas même des femmes, et elle le sait.

— Vous dites n'importe quoi espèce de raciste.

— C'est ça, soulage bien ta belle conscience, rombière.

La caisse tremblante en main, Diva veut intervenir. Mais ses bras sont encore étreints par les doigts d'Aminata et Rita. Elle écoute ces deux vieux Blancs bavasser sur leur cas comme si elles n'étaient pas là. Qu'on coupe le son, et leurs grands gestes deviendront ceux de parents se disputant au milieu de leurs enfants. Elle essaie encore de bouger, mais ses copines l'enlacent trop bien. Enfin un silence, Diva s'y infiltre :

— Donc nous on doit oublier nos droits, c'est ça ?

Le vieil homme plisse les yeux. Il ne sait pas laquelle de ces femmes noires vient de parler, alors il répond en les regardant vaguement, comme un tout, comme un rien.

— Ça a toujours été comme ça, oui, mon grand-père, un Polonais, il a charbonné dans les mines du Nord, mon papi, et il n'a jamais rien demandé à personne, dernier arrivé, dernier servi, c'est comme ça que ça a toujours marché.

Les gréveuses se figent, se regardent les unes les autres, avec dans les yeux un doute partagé, celui d'une règle tacite qu'elles connaissaient, et qui leur avait fait continuer à courber l'échine sans se plaindre. Diva a encore de la salive plein la bouche, écume blanche et rageuse aux commissures des lèvres. Elle est d'accord, à 200 % même, avec ce que vient de dire ce type, et ça lui donne encore plus envie de lui balancer sa grosse urne dans la gueule.

Sa vilaine tête lui rappelle pourquoi elle a hésité à commencer sa lutte. Elle pensait que le travail la mènerait dans un meilleur ailleurs. Elle le pense toujours. C'est ce qu'on lui a répété. Elle se voyait bien bosser comme gouvernante au contact de la clientèle, des employés des bureaux, ou peut-être se remettre à fond dans la coiffure, et ouvrir un salon un jour. L'ambition éloigne des autres, et même au milieu d'elles, cette ambition reste intacte. Vouloir mieux l'avait déjà éloignée des siens, et fait venir dans ce pays, elle connaît ça.

Diva s'extirpe enfin des doigts fatigués de Rita et d'Aminata. Elle va lui balancer ce bon morceau de bois dur dans la figure. Seulement, une grande silhouette la coupe dans son élan. Elle est fouettée par de longs cheveux hirsutes qui lui arrivent dans les yeux. C'est Amado, le syndicaliste. Il attrape le petit homme par le col en velours de sa veste, et d'un index tendu lui indique un point d'horizon loin, très loin du piquet de grève.

16.

Rita a quitté le piquet de grève plus tôt, juste après s'être nettoyé les doigts du *pondu ya madesu* de Diva. Maintenant, elle avance dans le ventre d'un monstre de béton. Une grande cité du Val-d'Oise. Au moins cinq fois la Cité Verte empilée sur elle-même. Une vingtaine de bâtiments gris la toisent. Aveuglée par l'éclatant soleil, elle tente de lever les yeux vers l'un d'eux. Plus bas, de jeunes garçons lui marchent presque sur les pieds. Elle se promène dans la cité. Croise d'autres gamins bruyants dans l'air de jeux. Des mamans discutant au pied de leurs immeubles. Des vieux marchant à deux à l'heure, mains jointes dans le dos. Des petits aspirent des Mr. Freeze noirs, bleus, verts. Elle est attirée par le chahut chaotique du terrain de football. Sous la méchante chaleur, des garçons jouent.

Sur le côté, un gamin, ballon au pied, scrute lui aussi le terrain, comme s'il rêvait des dribbles à venir. « Mon fils, tu sais où je peux trouver les Soumaré ? », demande Rita en s'approchant. D'un geste technique qu'il a dû maintes et maintes fois rater avant d'le réussir, il fait atterrir le ballon dans ses mains, et réfléchit. Il pointe du doigt plusieurs bâtiments. Au fil des informations égrainées par Rita, il n'hésite plus qu'entre deux tours. C'est à l'opposé.

Sur le chemin, elle s'arrête dans une épicerie pour acheter une bouteille d'eau. La première gorgée implose en bouche, presque glacée, elle la sent glisser doucement jusque dans son ventre. Un coup de fouet la guidant vers le premier bâtiment, où elle sonne, et attend, resonne, mais rien. Rita se rafraîchit, étale un peu d'eau fraîche sur son cou, et ses bras. Puis, elle va vers le second bâtiment indiqué par le garçon au référentiel bondissant. Elle sonne à l'interphone. Étouffée derrière les crépitements de l'appareil, la voix de Mariama lui dit de monter.

Elles ont à peine pu échanger depuis le début de la grève. Rita a forcé pour la voir, elle devait lui ramener quelque chose, et aussi, tenter de comprendre pourquoi elle n'était jamais venue sur le piquet de cette grève qu'elle a pourtant lancée.

Là, un mur chante son amour charnel à la police française. Autour du beau mot, la peinture écaillée est jalousée par l'humidité. La boîte aux lettres marquée Soumaré fait partie des quelques-unes fermant encore. L'ascenseur est là, il grimpe en grinçant. Rita en sort, et se dirige vers une porte entrouverte.

— Pourquoi tu ne répondais pas au téléphone, t'as oublié que je venais ou quoi ? elle demande.
— Non, désolée, j'me suis endormie, répond Mariama.

L'appartement est dans son jus, a vécu, mais est nettoyé. Des chaussures de sécurité sont soigneusement déposées près de l'entrée. En les voyant, Rita enlève les siennes. À côté, quelques jouets qui auraient pu égayer l'endroit sont enfermés dans un sachet froissé comme prêts à être jetés. Elles passent devant la cuisine, où une sauce orange sue et décongèle dans l'évier. Rita suit Mariama. En avançant dans son appartement, elle ressent une autorité répercutée, spectrale, celle d'un mari bientôt de retour. Elle sent aussi l'odeur du *wusulan* en train de brûler. Son parfum sucré s'enroule dans ses narines, suivi d'une odeur piquante.

Au salon, un meuble porte une grande photo de ses deux fils, deux bouilles joufflues et souriantes, photo scolaire sûrement ; juste devant, dans un cadre plus petit, une photo de Mariama et son mari. En la regardant bien, Rita croit reconnaître des yeux graves, figés, à contretemps d'une bouche faussement souriante. Elle ne voit pas les plissures sincères aux coins des yeux de celle qui sourit vraiment. Mariama est ailleurs, à voyager en pensée. En dessous, une télévision muette est allumée. En face, un fauteuil noir à l'assise accueillante et moelleuse. À côté, un vieux canapé deux places où quatre Mariama pourraient tenir. Rita s'installe sur cette mousse, encore chaude de sa présence.

— C'est bien calme, les garçons ne sont pas là ? demande Rita.

— Non, ils sont allés jouer dehors, j'ai besoin de tranquillité ici pour me reposer. C'est comment vous, la grève ?

La bouilloire siffle. Mariama retourne vers la cuisine sans attendre de réponse, au moment où elle sort, une petite fille aux yeux mouillés entre dans la pièce. « Tu te cachais où ? » dit Rita d'une voix relâchée, essayant de se rappeler l'enfant qu'elle a été. Elle la fait grimper sur ses genoux. La petite fronce les sourcils. « Pourquoi t'es fâchée, ma chérie ? », demande Rita en invitant la petite à lui taper dans les mimines. La fillette écarquille ses grands yeux devant la proposition. Mariama revient avec un plateau portant une théière, des verres, du sucre, et des sachets de thé vert. Elles se servent. L'atmosphère est engourdie par les mots qu'elles ne se disent pas, allégée seulement par les piaillements de la fillette et par les bruits de Rita aspirant son thé à grosses gorgées.

— Les filles demandent après toi à l'hôtel, on pense à toi, dit Rita.

— Tu leur diras merci.

— Tu leur diras toi-même, il faut venir lutter avec nous ma chérie.

— J'ai déjà fait ma grève, moi.

— Comment ça ?

Rita pose cette question, mais a déjà une idée de la réponse. De Mariama, elle entendait les mots dits et les mots non dits. Pour parler de ce jour-là, Mariama n'avait jamais utilisé le mot viol, mais elles avaient compris même sans ça. Rita regarde ses lèvres palpiter, articuler bientôt une réponse. Les larmes soudaines de la petite Assitan les tirent du silence. « Pas pleurer », glisse Rita en passant un léger doigt dans ses tresses.

— Je veux le dos de maman, dit la petite.
— Quoi ? demande Rita.
— Dormir sur le dos de maman, répète Assitan.

Mariama fronce les sourcils devant le visage de sa fille dont les larmes redoublent. Les traits de son beau visage sont durcis, déformés, pointus, chorégraphiés par la colère.

— Je ne vais pas répéter, tu es trop vieille pour monter sur mon dos, et je suis trop vieille pour te porter sur mon dos, dit Mariama.

Rita sourit en écoutant ça, et repense au vieux Christian, Dossier, qui du haut de ses 6 ans montait sans vergogne sur son dos. Assitan est encore petite, et Mariama bien assez jeune pour la porter, soudain elle repense à ce client qui l'avait ceinturée alors qu'elle faisait son travail, et était resté à gigoter sur ce même dos réclamé, à postillonner sur cette même nuque dont la petite rêve comme oreiller, ce dos écrasé sous un ventre lourd, rose, et gras. C'est peut-être pour ça que la petite ne montera plus sur le dos de maman. Rita regarde dégouliner les larmes grises d'Assitan.

« Si t'as sommeil, je te ramène au lit », dit Mariama d'une voix sèche. Les larmes de la petite fille ressemblent à celles qui ont coulé au sous-sol de l'Inside le jour où Mariama a raconté.

Quand ça s'était passé, elle s'était transposée, par chance une mouche jouait dans les environs. Mariama avait fixé l'insecte, et était devenue une belle mouche bleue le temps que ça avait duré, elle ne pourrait même plus dire combien de temps, tellement concentrée à tourner autour du néon au plafond. Elle virevoltait près de la chaude chaude ampoule. Et quand Mariama a parlé, les femmes ont fait oui oui oui, du menton, elles connaissaient très bien la transposition. Rita et Aminata l'avaient apprise au pays par une aînée de la famille. Ce mouvement d'antan en a gardé plus d'une. En revanche, Diva ne connaissait pas ça. En écoutant les mots de Mariama, elle a versé ses larmes, jumelles de celles d'Assitan.

En regardant mère et fille, Rita se rend compte que c'est la première fois qu'elle voit Mariama sans son voile, depuis ce premier jour où elle l'a croisée à l'Inside. Comme sa fille, elle porte des tresses très fines, sur le devant, les siennes sont un peu effilochées. En dessous, le visage est flétri, creusé, différent de celui du premier jour, où Rita a fait des chambres avec elle, et distribué ses conseils. « Dès que tu entres dans la chambre, tu ouvres la fenêtre pour aérer, ensuite tu laisses agir le détergent dans la cuvette, dans la douche. Tu prends les poubelles, chambre, salle de bains, tu les vides. Fais-le direct, sinon tu vas oublier… »

Elle lui a donné tout ce qu'elle savait sur son travail, enfin presque tout, c'est ce qu'elle ressasse, là encore. Comme toujours, des mots manquaient. Elle n'avait pas parlé de ce qu'il fallait faire quand un client revenait sans s'annoncer dans la chambre, et qu'il s'enfermait avec toi. Pourtant, une voix grave, un souffle chaud, un effleurement inattendu pendant qu'elle essuyait, et Rita se mettait en garde, prête à asperger des yeux avec le tube de javel qu'elle ne gardait jamais loin d'elle dans ses chambres. Est-ce que le voile de Mariama avait posé une distance la dissuadant d'aller sur ce terrain-là ? Rita doute de l'origine de cette timidité. Pourtant elle avait déjà parlé des jets javellisés avec d'autres femmes qu'elle avait formées. À elles, elle avait dit de faire attention à ces clients qui parfois reviennent plus tôt que prévu dans leurs chambres. Mais elle n'avait pas parlé de ça avec Mariama. Pourquoi ? Rita n'est plus sûre de rien. Non, non, elle n'avait rien dit parce qu'au fond elle savait que Mariama devait connaître le danger de telles chambres, et que connaître ce danger ne protégeait pas.

— Je vais revenir à l'hôtel, dit Mariama en tentant de calmer les pleurs de sa fille.

— Prends ton temps si tu as besoin.

Mariama fait aller et venir délicatement Assitan sur le côté. Les décibels des cris et des larmes baissent. Les paupières de la petite fille s'alourdissent. La gorge de sa mère fredonne des sons aigus et apaisants. Quand la petite s'endort, la mère essuie ses joues sillonnées de larmes à l'aide de ses doigts maigres. Ces mains osseuses et veineuses rappellent à Rita l'une des autres raisons de sa venue ici. L'argent de la caisse de grève dû à Mariama. Avant de lui donner l'enveloppe, elle scrute encore le paisible visage d'Assitan. Le pays où elle voyage en rêve semble inaccessible. Rita est absorbée par le souffle si petit, et pourtant si puissant, de cette vie en train de se faire sous ses yeux. Et elle pense aux mots qui accompagneront cette vie, ceux que sa mère lui dira, et ceux qu'elle ne lui dira pas.

17.

Le Choco est devenu leur espace. C'est là qu'elles s'inventent du temps, pour manger, boire, ou sécher des larmes de fatigue venues après une chambre de trop à essuyer trop vite. Parfois, elles s'y croisent même, s'arrachent un mot ou une tape d'encouragement. Pourtant au début, Rita avait bégayé devant le décor de la petite pièce au sous-sol de l'Inside donnant plus envie d'en fuir que d'y rester.

Au-dessus des mouchoirs de tête des présentes se balance une ampoule recouverte d'une fine pellicule de poussière. Sont enterrés, sous cette fourrure, des cadavres de moucherons. L'ampoule survit, pleurant-agonisant dans son dialecte de crépitements. Et donne tout ce qu'elle peut donner. Une lumière jaunâtre encore souillée par sa réflexion sur des murs blanc sale dévorés d'humidité. Les joints de l'évier sont tachetés de noir. Le repas est réchauffé dans un micro-ondes jauni par les années. Une table bancale, encerclée de quelques chaises en formica, prend trop de place au milieu de la petite salle. Mais rien n'est donné, rien n'est gratuit, pas même le Choco. Rita repense aux réunions ayant précédé le début de la grève. C'est au Choco qu'elles ont eu lieu. C'est ici que la lutte a pris corps. Et pourtant, même cette petite pièce de merde, sans fenêtres, au sous-sol de l'hôtel, il a fallu l'arracher. Avec le recul, Rita revoit le Choco comme une annonce des difficultés à arracher leurs droits.

À l'époque où Aminata et Rita ont commencé à l'Inside, les femmes de chambre pouvaient, quand elles parvenaient à s'inventer du temps, se sustenter dans le froid du parking de l'hôtel. Elles savaient bien que les autres employés mangeaient, eux, dans la cafétéria. Mais, au nom d'un séparatisme patronal, les femmes de chambre n'y avaient pas accès. Les employés de Myriad ne pouvant manger dans le même espace que les employées de l'entreprise acronymique selon un obscur article de règlement intérieur. Et voilà qu'un jour comme un autre, on ne sait ce qui avait possédé Aminata, mais elle avait décidé d'aller se la régaler dans la cafète des employés. Le *nandji* tournoyait dans le micro-ondes sous les gémissements plaintifs de quelques employés en train de manger. Les bonnes exhalaisons l'appelèrent avant même la minuterie. Aminata boita bien sonorement jusqu'à sa nourriture en train de chauffer. Le riz blanc était couronné d'un mélange de légumes et de gros cubes de viande baignant dans le rouge. Elle le prit, se rassit, et commença à mâchonner. Elle en était encore à savourer la juteuse viande de bœuf, quand elle sentit une vive pression sur son épaule.

— Il faut quitter ici, maintenant, grande sœur, avait dit l'homme à qui appartenait cette main.

C'était le vigile du parking dont le front dégouttait de sueur. Grande n'a rien compris à sa phrase, mais a vite senti la mauvaise énergie entourant l'index qui pointait vers la porte. Le colosse a vu qu'elle ne comprenait pas le français, et a commencé à égrainer quelques noms de pays, manière, peut-être, de créer une complicité. Il échoua à trouver le sien. Aminata s'est arrachée de la prise, et a continué à broyer sa viande. La puissante odeur de la poudre de *soumbala* – douce, amère, piquante, mauvaise, selon la qualité des nez, et ingrédient maître de son plat – s'emparait du lieu. Le vigile ajustait les revers d'une veste trop petite pour lui, essayant de reprendre contenance, avant de revenir à la charge.

— Grande sœur, il faut sortir, s'il te plaît.

Dans son dos, les employés de Myriad trépignaient, attendant que la femme de chambre débarrasse le plancher de leur cafétéria. Le regard du vigile se perdait entre eux, qui s'impatientaient, et la femme de chambre, clouée là comme une montagne. Le vigile perdait aussi sa dignité, c'est ce que lui renvoyait la violence du regard d'Aminata qui prenait tout son temps pour terminer son plat, malgré le triste sort que cela ferait à la suite de sa journée. Elle rentrera chez elle encore plus tard. Le colosse ne savait toujours pas quoi, de sa force ou de sa douceur, le tirerait de cette situation gênante. Il s'apprêtait à soulever la femme, mais d'un coup, comme giflé par une étrange lucidité, il abandonna. En quittant la cafétéria, il épongea sa honte, en glissant aux visages rosis des employés de Myriad : « Excusez, j'ai aussi le parking à surveiller. » Ils laissèrent Grande terminer son plat en paix. Quand elle sortit sous leurs regards, on n'entendit que le bruit de sa jambe traînante. Les jours suivants, l'odeur du *soumbala* concassé-saucé possédait encore la cafétéria.

Et dès le lendemain de « L'incident avec une femme de chambre », on indiqua le Choco à celles qui voudraient prendre leurs pauses déjeuner, la plupart du temps imaginaires. Aminata a paru encore plus grande après ça. « Grande c'est quelqu'une, vraiment », entendait-on parfois dans les couloirs de l'Inside.

Celles qui arrivèrent après, n'ayant pas connu les repas congelés du parking, ne sauraient jamais que le Choco était un privilège. En même temps on les comprenait, c'était dur à deviner quand on regardait ses murs pourrissants. Choco ? Choco. Rita a même oublié pourquoi on appelait cette pièce ainsi. Peut-être parce qu'on y laissait traîner les minipains au chocolat non mangés du petit déjeuner de l'hôtel, que les femmes de chambre avaient le droit de rapporter chez elles. Ou alors c'était dû à une mauvaise association d'idées : femmes noires, chocolat, choco. De quelle bouche c'était venu ? En tout cas, c'est ici, oui oui, au Choco, qu'elles organiseraient ces quelques secondes de réunion prises par-ci, inventées par là-bas, avant le service, et qui aboutiraient à la grève.

Au Choco, Rita avait relayé la parole d'Amado. Il avait fallu réunir une majorité de femmes de chambre avant d'arrêter le travail. Et dans ces instants, fusionnant sa voix avec celle de l'ampoule gémissante, elle éclairait l'anormalité de ce travail tout en zieutant avec inquiétude le trait de lumière sous la porte fermée. Elle toussait de peur quand la porte poussée par le vent tremblait. Imaginait un espion rôdant dans les parages. Puis, reprenant ses esprits, Rita expliquait comment le système de paiement à la chambre leur avait fait les poches. Les dos et les genoux gâtés, le manque d'argent, la peur des demains, et des après-demain, c'est la sous-traitance qui avait fait ça. À mesure qu'elle prononçait ces mots, le pouvoir de la parole éveillait quelque chose en elles. Des questions suivaient.

— On va faire quoi ?

— Grève.

— *Ouallahi !* je fais pas ça.

— On va se faire virer.

— Non, ils peuvent pas te virer comme ça.

— On va te changer d'hôtel alors. Qui veut aller travailler à Tombouctou ? Pas moi en tout cas.

— On peut pas te muter comme ça si tu viens au syndicat, le syndicat te protège.

— Comment on va manger pendant la grève ?

— Il y aura une caisse de grève, chaque semaine tu pars avec quelque chose.

— Non, non, non, moi je suis pas venue dans ce pays jouer à la fainéante.

— C'est pas être fainéante de demander le respect de ses droits.

— Il faut prier, le Seigneur va nous donner nos droits. *Le sang de Jésus.*

— *Soubhanallah.*

— C'est ça même.

— Vous savez, d'autres comme nous ont fait grève, et elles ont leurs droits maintenant, meilleur salaire, heures supplémentaires payées, même la prime de panier, c'est grâce à la grève tout ça.

— Non, il faut juste prier, ça va s'améliorer, vous verrez.

— Il faut prier aussi, en complément, *Akpé na Mawu.*

— *Allahou akbar.*

— Elles ont vraiment eu tout ça ?

— Et même plus, je vous montrerai la liste.

— C'est parce qu'elles ont dû bien mettre en prières leurs demandes.

— Elles ont prié et grévé en même temps, c'est comme ça.

— Je vais en parler à mon mari d'abord.

— Parles-en, y a pas de problèmes.

— La sous-traitance, c'est vraiment mauvais alors ?

— C'est ça même, mauvais comme diabolique.

Les palabres matinales avaient nourri un orgueil qui cheminait entre elles. Rita convainquait grâce à l'éminente langue romane. Les racontages d'une scolarité poursuivie jusqu'à la sixième. Les femmes l'avaient écoutée chanter leur avenir radieux. Les oui entraînaient d'autres oui. Mariama, dernière arrivée à l'Inside, a aussi dit oui à la grève. Rita n'avait pas eu besoin de forcer sa grammaire pour elle. Peut-être parce qu'elle l'avait « formée », pensait-elle au début. Trop occupée à convaincre, Rita n'avait pas remarqué, mais la face de Mariama était moins harmonieuse qu'à son arrivée à l'hôtel. La jeune femme lui avait posé pas mal de questions sur cette grève, mais Rita l'écoutait moins, elle avait déjà dit « oui ». Elle demandait ce que cette grève ferait à l'hôtel et à ses patrons. « Ce sera très mauvais pour eux et leur image », répétait Rita. Elle leur en voulait d'une colère murmurante, froide et tenace. D'autres n'étaient pas d'accord.

Sûre que ce genre d'agitation n'était pas pour elles, Diva avait continué à dire « Plus tard ». Au bout d'un moment, les réunions au Choco ne servaient plus à rien, Rita, bouche asséchée de nouveaux mots, répétait les mêmes choses. Les femmes de chambre se réunissaient de moins en moins longtemps. Le silence au Choco donnait à l'odeur de renfermé de la pièce comme un parfum d'humiliation. Laissant à Rita le temps de décoder les murs. Des dégradés de marron par-là, des pans entiers tachés comme le pelage d'un vieux dalmatien par-ci, et par endroits la paroi était tellement mangée par l'humidité qu'elle en était toute gondolée. Les silences au Choco résonnaient comme des insultes aux oreilles de Rita, dites dans une langue savante, inconnue, mais gravées en grand, gros et sale sur les murs de cette pièce au sous-sol de l'hôtel. La langue des patrons. Elle pense : Ces chiens ont dû bien rire au moment de nous laisser le Choco.

18.

De violents coups de klaxon parviennent jusqu'au piquet de grève. Il est bien trop tôt pour que ce soient des encouragements venus des petites mains tournant les volants. Les bruits percutent ceux du piquet. On arrête de taper. Amado demande d'aller voir ce que c'est que tout ce tintouin. Diva et Rita tendent leurs oreilles vers les bruits répétés. Les sons viennent de l'entrée du parking de l'hôtel. Elles crochètent par la rue qui longe la place, font le tour de l'Inside, et commencent à trottiner quand elles voient une large silhouette de femme nez à nez avec le bruyant véhicule. Une belle voiture noire, qu'elles ont déjà aperçue. La femme et ses jambes sont plantées en face comme deux troncs à l'écorce sillonnée. Rita et Diva plissent les yeux. Elles reconnaissent Aminata. Grande est immobile devant la barrière du parking, bloquant l'accès au Audi A4. Aminata lance un regard de défi au pare-brise. C'est la voiture du directeur de l'Inside. Ce dernier continue de s'agiter sur son volant, tout en mettant de violents coups de semelle sur l'accélérateur façon chiot montrant les crocs.

Quand elles entendent ces vrombissements, Diva et Rita se mettent à crier.

Il fallait faire quelque chose, Aminata a trouvé ça. Empêcher le directeur de l'hôtel de passer une journée de plus à nous ignorer. Grande s'oppose au sort et à la machine avec son corps. Corps déjà mécanisé et qui refuse de l'être davantage. Elle laisse la machine éructer dans le vide. Puis elle pose une main épaisse sur le capot. Une main noire de jais sur une carrosserie de la même couleur. Quand elle fait ça, la voiture devient silencieuse, comme obéissante. Moteur coupé, le conducteur sort de son véhicule, visage défait par la colère. Rita avance vers Grande, la jalousie augmente au fil des pas, jalouse de son audace – « Pourquoi je n'ai pas eu la même idée ? » –, et elle sait que cette audace est née de la fatigue et de la frustration amplifiées par ces derniers moments passés à échouer ensemble.

D'abord ce jour où elles sont allées au siège de Myriad, à Issy-les-Moulineaux. Les choses ne s'y sont pas passées comme prévu. Elles voulaient rencontrer le grand patron du groupe, alors elles l'ont attendu devant son bureau. C'est Myriad qu'il fallait cibler. L'entreprise donneuse d'ordres, celle que la sous-traitance fait prospérer économiquement et qu'elle protège juridiquement. On a attendu, trop même. On exigeait de voir le patron du groupe. Devant la grosse porte à tambour, les vigiles nous ont fait rebrousser chemin. On a attendu attendu. On a regardé le géant bâtiment aux vitres sans tain en imaginant les danses tristes qu'ils pouvaient faire dedans. Peut-être que le grand patron nous observait même. À l'entrée, M-Y-R-I-A-D inscrit en grandes lettres dorées nous a aussi attrapé les yeux. Puis on a vu les employés du groupe, baskets fluo aux pieds, se transformer en marathoniens pendant leurs pauses. À croire que leurs boulots ne les fatiguent pas assez. On a attendu avec l'espoir de voir un bout des lunettes du patron. On a mis la musique. On a déchiré les journaux. On a tapé tapé tapé jusqu'à fatiguer. Il n'est jamais sorti.

Les patrons avaient ignoré leurs revendications. Sourds face à tout le bruit qu'elles peuvent faire. Après cette tentative de rencontre ratée, il fallait faire plus fort, dans un endroit plus accessible. Quelques jours plus tard, elles votaient pour une autre action. Tard un soir, elles se sont rendues dans le plus grand Inside de Paris. Avec pour objectif : faire du boucan. Rita et Diva étaient parties en éclaireuses. Elles ont marché discrètement dans les pas d'une cliente regagnant l'établissement. Les portes n'ont pas bougé devant les trois femmes. La réception avait été prévenue que quelque chose de mauvais se tramait. Leur invisibilité s'arrête net quand ça les arrange. Trois jeunes vigiles se sont alignés devant la porte, mettant fin à tout espoir de contestation.

À travers la vitre sale, Aminata détaillait ces grands garçons qui auraient pu être ses fils. Elle bouillonnait intérieurement, et l'implosion c'était l'action. Pour atteindre les patrons, il fallait presque passer sur les corps de leurs stipendiés : nos frères, nos maris, nos fils. Le temps défile, presque un mois de grève, et on en est toujours au même point. Grande sait que l'horloge tourne encore plus vite pour elle. Donc elle a pensé au directeur de l'Inside, il n'est peut-être pas grand grand patron, mais il les représente, essaie de faire tout comme eux : à commencer par les ignorer. D'habitude le directeur ne voit pas les gréveuses, mais là, face à son Audi A4, il distingue parfaitement Aminata.

Quand il aperçoit les deux femmes en train d'approcher, Bianco, le directeur, leur demande en pointant Aminata du doigt :

— Elle ne parle pas français ? Dites-lui de me laisser passer.

Les trois femmes sont maintenant alignées face au Audi. Bianco s'approche d'elles en faisant des mouvements de tête désapprobateurs. Le directeur a le visage buriné. Petit et mince, il a les traits secs d'un cycliste, plus grimpeur que sprinteur. Il porte un costume près du corps, et joue avec sa clef de voiture comme pour dissiper un peu de sa gêne à être là. Non, non, s'expliquer avec ces dames n'était pas à son agenda du jour. Moment de flottement. On tend l'oreille. On se regarde. Des épaules se frôlent. Rita repense à sa goulue envie devant le geste de Grande. C'est son occasion de se rattraper un peu.

— Monsieur, on aimerait savoir ce qu'il en est de nos demandes de rendez-vous avec la direction de Myriad.

La tête de Bianco s'agite encore plus vite. Il laisse passer un long silence avant de répondre, comme s'il testait son interlocutrice. Va-t-elle répéter ? Va-t-elle répéter et bafouiller ? Il laisse le blanc se prolonger. Elles ont attendu près de quatre semaines. Elles peuvent bien attendre quelques secondes supplémentaires. De toute manière, elles vont continuer à attendre. Il n'a pas de réponse pour elles.

— Vous devriez poser vos questions à votre employeur : Ménage à la française, il articule très lentement le nom de l'entreprise de sous-traitance. Myriad ne peut rien faire pour vous dans cette affaire.

— Monsieur, pardon, mais faut pas nous prendre pour des débiles, dit Diva, on sait que les boss c'est Myriad, c'est eux qui décident, c'est Myriad qu'on veut voir, ho.

« Hmm… Hmm… » Ses mots sont accompagnés des validations onomatopéiques d'Aminata et Rita.

— On demande une augmentation de salaire, et une intégration au groupe Myriad, monsieur.

— Ce n'est pas moi qui décide de ce genre de chose, moi, mon rôle c'est simplement de faire que tout se passe bien pour mes clients. Demandez-lui de bouger maintenant, je suis déjà en retard, dit-il en montrant Aminata.

— Vous êtes responsable de rien, hein ? demande Rita. Vous nous connaissez, monsieur, vous voyez ce qu'on vit au quotidien, nous demandons au moins de ne plus être invisibles, d'être reconnues, d'être intégrées à Myriad comme des salariées normales, comme ceux de la cuisine, des bureaux, de la réception, pourquoi les autres sont chez Myriad et pas nous ?

— Invisibles ? Je ne sais pas qui vous a mis toutes ces idées dans la tête. Qu'est-ce que vous voulez dire par reconnues ?

Un silence s'immisce dans l'échange. Le regard de Rita se perd dans la noirceur resplendissante de la carrosserie du Audi A4. « Qui vous a mis toutes ces idées dans la tête ? » Ah bon ? Il pense qu'on ne sait pas penser par nous-mêmes.

Rita lève les yeux, et voit la satisfaction naître sur la lèvre presque souriante du directeur. Comme si on avait besoin d'autres que nous-mêmes pour penser, pour avoir des idées. Nos idées, ce sont nos corps sculptés, déformés, gâtés par ce travail et ses conditions, que vous ne voulez pas améliorer.

— Regardez-la bien, elle n'arrive même plus à marcher, dit Rita en désignant du doigt Aminata. Vous faites comme si vous ne voyiez rien, comme si ça faisait rien sur nos vies. Être reconnues, c'est faire en sorte qu'on puisse travailler dans de bonnes conditions, qu'on puisse se reposer quand on en peut plus, c'est ça. Vous comprenez ?

— Moi, tout ce que je peux faire c'est signaler vos demandes à votre employeur, mais je ne peux pas faire beaucoup plus. Par contre, il faut me laisser rentrer, là, dit-il en exhibant le cadran de sa montre.

Aminata guidée par la main de Diva s'écarte de la barrière. Le A4 vrombit, et rapetisse au fond du parking souterrain. « Il ment comme il respire lui aussi. Il va vraiment parler aux patrons ? », demande Diva dans une question à l'allure de souhait. On n'en sait rien, répond le silence de ses collègues. Le temps de reprendre leurs esprits, Rita et Diva se tournent vers Aminata. « Qu'est-ce qui t'a pris ? », elles demandent d'une même voix.

Grande est prise d'un essoufflement soudain. Des filaments de sueur glissent de son voile, comme la quittance de sa résistance. Aminata s'assoit sur le bord du trottoir un moment. Diva lui montre son paquet de chewing-gum. Grande n'en veut pas. Elle tente de maîtriser les soulèvements de sa poitrine. Rita réitère, et demande ce qu'il lui a pris de faire ça. La mélodie de sa voix est davantage celle du compliment que du reproche. Grande n'entend que cette musique-là.

Elle ne sait même pas ce qu'elle répondrait à Diva et Rita si elles savaient sa langue. Elle repense aux grands garçons de l'hôtel. Des vigiles-enfants rendus obéissants par leur solde de fin de mois. Elle se rappelle que chez elle, au village, on disait vite oui au son des voix éraillées, on courbait la tête devant l'ancienneté. À travers la vitre sale d'où elle regardait ces garçons, elle s'était surtout vue elle-même. À quoi avait-elle désobéi pour être là aujourd'hui ? Ou plutôt à qui ? À ses devoirs de mère, de femme, peut-être. Ces questions tournoient encore dans sa tête.

En la voyant reprendre son souffle, Diva et Rita se disent qu'elles auraient bien besoin de Mariama pour traduire sa parole. Elles se contentent de ce qu'elles ont vu. C'est déjà beaucoup. Elles ont aimé quand Bianco est sorti de sa voiture en détournant le regard. Entouré-bousculé par les corps et leurs questions. Il a regretté tout de suite d'avoir quitté le refuge de son véhicule. Le rapport de force a été inversé quelques secondes, mais ça compte comme une éternité. Les gréveuses retournent devant l'hôtel, l'humeur chantonnante. À leur retour, Amado demande ce que c'était que ce boucan. « Rien du tout », répondent à l'unisson Diva et Rita.

19.

Elle lèche son poignet, la pellicule de sueur dessus a un goût salé. Elle se passe un autre coup d'avant-bras sur le front. Quand est-ce que la bonne au regard effacé va revenir ? Rita transpire beaucoup malgré l'ombre du grand flamboyant sous lequel elle est assise. La lumière du soleil rebondit fort sur le sol ferrugineux du pays natal, et les fleurs rouges de l'arbre sortent plus rouges, le vert de ses frondaisons plus vert, et le blanc de la maison toujours plus poussiéreux. Rita est vieille, mais sur sa belle peau, cela se voit à peine. En face, la maison blanche qu'elle a mis une vie de labeur à construire est là. Dans sa cour, elle admire encore ce monument dédié à ses efforts répétés. Ça valait le coup.

Le grand flamboyant trône au milieu du jardin. Au pied de Rita sont posées des dalles en galets blancs comme un tapis rouge menant jusqu'à l'entrée de la maison. Sous la véranda, quatre chaises en plastique attendent des séants de parleuses. Dedans, un immense salon, dont elle entend tourner les hélices du ventilateur accroché au plafond. Après un couloir, un autre, puis un autre encore, et enfin trois grandes chambres, pour ses fils et leurs familles, quand ils viennent en vacances ici. Derrière l'édifice, deux immenses palmiers courbés font un peu d'ombre à une cabane au toit en tôle froissée. C'est là où se repose la bonne après avoir bien sué. Quand elle rentrera, elle dépoussiérera la cour à l'aide du balai en nervures de palmier. Cette petite vient du nord du pays, les filles du Nord sont les moins chères. Elle ne parle ni le français ni la langue des sudistes, celle de Rita, mais elles se comprennent tout de même. Quand elle voit ses gestes multipliés, ses jeunes bras chargés des courses du marché, ou taper taper taper le fond du mortier, ou le dos plié à balayer, Rita sait ô combien sa jeunesse soulage son vieux corps de retraitée.

Elle l'oublie un moment, quand sur sa cuisse, au-dessus d'un genou flétri, dur et immobile, son téléphone gigote. Christian. Oui, maman, mon opération s'est bien passée, envoie-t-il. Le petit Dossier qui pleurait sur son dos est devenu un grand chirurgien. Un autre grincement vibre dans son oreille. La bonne au regard lointain repasse enfin le portail de la maison. Elle tient une bouteille bien fraîche de Coca-Cola qu'elle tend à Rita. Elle donne un grand sourire à la jeune fille, et lui laisse la monnaie. Celle-ci retourne à ses tâches. Rita passe sa bouteille en verre sur un bras, puis l'autre. Elle glousse, aux épaules, le glacé chatouille. Elle lève la tête vers l'arbre aux fleurs écarlates. À cette distance, elle profite de son ombre, mais pas de sa beauté. Et quelle beauté, l'arbre embrasé, aux flammèches dansant dans le vent. Rita regarde à droite, à gauche, passe sa bouteille sous sa robe, sur ses chairs épaisses, c'est mieux, le ventre, les aisselles, les seins sont refroidis. D'un coup Rita est paralysée, et sa bouteille échoue violemment sur la terre rouge. Elle est frappée par le souvenir de ce que contaient les anciens. Il ne faut jamais mettre de flamboyant dans son jardin. Sous terre les racines tentaculaires de cet arbre pouvaient s'affoler, courir, surprendre, être très méchantes, au point de creuser des tunnels allant jusqu'à fissurer les murs des maisons. Le prix de trop de beauté, sûrement. Rita se lève d'un bond, attrape sa canne, et boite jusqu'à la façade poussiéreuse de sa maison déjà fissurée. Le beau bâtiment, comme une maquette dénuée de colle, craquelle, et s'écroule devant elle en un instant.

Dans la chaleur d'une chambre d'été, elle se réveille suante, mais calme, comme habituée à ces vignettes d'une retraite rêvée.

20.

Amado les faisait attendre. À travers les vitres du local, Rita l'observe fumer sa cigarette avec deux camarades. Ses non-non de la tête, comme ses mains s'agitant dans l'air brumeux, indiquent qu'il n'est pas d'accord avec ses interlocuteurs. L'homme en face de lui détaille les femmes de chambre de plusieurs coups d'œil, essayant d'être discret, avant de remuer son index façon baguette magique, genre fais gaffe mon vieux tu joues avec le feu. La femme avec eux montre plus de retenue, mais elle a l'air d'accord avec le magicien.

Dans le local, on entend des bruits de papiers pliés, de tracts éventant des fronts et des gorges suant sous une aigre odeur de café-cigarette. Sur les bureaux, des porte-documents sont empilés, des livres et des tasses aussi. Les femmes de chambre pianotent sur leurs téléphones, font grincer les pieds de leurs chaises, et commencent à s'impatienter devant le bureau d'Amado.

Rita scrute les affiches accrochées aux murs. Il y en a plus que la dernière fois. L'une d'elles proclame : « TOUS LES

MIGRANTS SONT IMPORTANTS ! » Pas loin, Amado est au centre d'un cliché avec, autour de lui, les uniformes fluo d'éboueurs souriants. À côté, Amado, les mains autour des épaules d'employés d'un supermarché. En bas, Amado avec des vigiles aux parkas trop longues. Ces grandes photos brillent derrière son bureau comme des trophées. Après avoir fait le tour des images, Rita aussi s'impatiente, sentant des perles de sueur pointer sur son front, elle se cherche un éventail.

Elles sont réunies ici pour parler de cette grève démarrée depuis un mois, et du prochain coup d'estoc à porter à Myriad. Pour Rita ça n'avance pas assez vite. Elle commence à douter des mots d'Amado, et les moues de ses collègues du syndicat de l'autre côté de la vitre lui donnent raison. « Il a seulement la bouche », murmure-t-elle quand il passe la porte du local. Installé derrière sa table, il termine sa sèche, et agite les bras comme avant un de ses grands discours.

Comme elles, Amado aussi a bossé dans des hôtels, mais lui était à la technique en tant que plombier, ça commence à bien dater. Syndiqué depuis son licenciement dans un job précédent, il a pris goût à la lutte. Raconte, avec joie dans la voix, cette double tape sur l'épaule reçue d'un avocat lui disant après sa victoire aux Prud'hommes : « Vous êtes un bon juriste. » Un compliment enrobé de mépris. Le terrain syndical serait aussi celui de sa revanche sociale. Le Code du travail est ce livre qu'il n'avait pas lu avant et qui, bien utilisé, défait les injustices, soulage les existences. Un livre épée et bouclier. À l'époque, lors des réunions au grand syndicat, il propose ses idées sur la manière d'aider ces salariés courbés côtoyés à l'hôtel. Ces femmes de chambre rasant les murs lui rappellent sa vieille mère, arrivée ici depuis le Portugal de Salazar, et son corps détruit à nettoyer comme elles. Il l'a vu de près ce corps fini, c'est lui qui s'en est occupé à la toute fin. À ce moment-là, maman ne parlait plus qu'avec des yeux reflétant son vieux rêve : retourner respirer l'air de sa terre. Amado l'y a enterrée.

À côté de ces femmes, il y a aussi les vigiles, les équipiers, et autres petites mains des cuisines. Travailleurs intérimaires, externalisés ou engagés au noir. Au sein du grand syndicat auquel il avait adhéré, les camarades toussotaient quand il en parlait, on n'entendait pas la voix d'Amado. On a hésité à soutenir ces sous-salariés, puis non. C'est pas leurs cotisations ni leur fidélité qui feront vivre nos fédérations, pour sûr. Alors Amado avait claqué la porte, et s'était engagé dans un syndicat plus modeste. Comme défenseur syndical, il a mené des luttes ingagnables auprès de ces employés dont personne ne voulait. Il s'est fait un nom en luttant contre les entreprises de sous-traitance et les groupes hôteliers qui, de plus en plus, choisissent d'externaliser. Depuis, les avocats ont arrêté de lui chatouiller l'épaule. Et son épais livre épée sous le bras, les victoires aux Prud'hommes se sont succédé.

— Pourquoi on n'a toujours pas rencontré les patrons ? demande Diva.

— C'est qu'une question de temps, dit Amado, ils jouent la montre, le pourrissement, mais notre grève les inquiète, ils vont bientôt être obligés de nous recevoir.

— C'est ce que tu as déjà dit l'autre jour, dit Rita.

— Là, c'est différent, on va leur mettre la pression en faisant encore plus de bruit.

— Encore du bruit ? demande quelqu'une.

— On veut des résultats, monsieur, on a payé pour ça, on veut des résultats, continue une autre dans un rire gêné.

Ces mots alourdissent la touffeur de l'endroit. Rita non plus n'avait pas oublié cette somme d'argent, ces « 150 euros » demandés par Amado pour rejoindre le syndicat. Elle pense à ce qu'elle pourrait faire avec. Pas mal de choses. Comme envoyer ses fils chez leurs cousins à Lyon.

— Tous les adhérents paient cette somme, c'est normal, c'est pour aider le syndicat.

Amado tire nerveusement sur sa cigarette, force un sourire, avant de continuer :

— Et en ce qui concerne Myriad, on va les attaquer grâce à la presse, notre lutte commence à durer, ça va intéresser les journalistes et, face aux articles, à la mauvaise publicité, ils seront obligés de réagir, de nous recevoir, et de négocier.

— Ce sera quand tout ça ? On ne va plus tenir très longtemps, dit Diva.

— Bientôt. En plus, un nouveau patron vient de prendre les manettes du groupe, il doit soigner ses débuts. Vous êtes au courant ?

— Ah bon ? demande quelqu'une.

— On présente Avenet comme un capitaine d'industrie, ricane Amado, si vous le voyez à la télé, il sera sûrement en train de chanter comme Myriad est vertueux, comme le groupe est bien sympathique de donner sa chance à des travailleuses analphabètes comme vous.

Le syndicaliste, l'index pointé vers le faux plafond, qu'il renomme « *ils* » pour l'occasion, récite la recette du groupe Myriad à la sauce Avenet.

— Avec lui, demain ce sera Myriad Light, mais le régime pain dur, eau froide, ce sera encore pour vous, *ils* sont en train de se débarrasser de la pierre, *ils* vendent tout leur immobilier en France et ailleurs pour continuer à faire leurs esquives fiscales. C'est toujours la même tambouille.

Amado insiste sur le fait que Myriad est devenu encore plus voleur depuis son introduction en bourse au mitan des années quatre-vingt. La valeur du groupe a augmenté grâce à des choses comme la réduction de la masse salariale. Il fallait réduire, éplucher, faire cuire, dit-il, la bouche toujours pleine de métaphores culinaires. La sous-traitance n'est qu'une conséquence de cet épluchage effectué à l'économe, bien sûr. C'est l'économie dans sa version la plus moderne, ça a attiré les investisseurs.

— Dans les cuisines de votre Inside, les pavés de rumsteck et les poitrines de volaille sont portionnés au gramme près. Eh ben, dans les chambres, les volailles c'est vous ! cingle Amado.

— C'est qui la volaille ? demande Diva d'une voix dégoûtée.

Le syndicaliste passe ses doigts dans ses longs cheveux luisants et gris, avant d'expliquer d'une manière plus arithmétique.

— Avec la sous-traitance, celles qui signent pour un temps partiel de quatre heures (plusieurs femmes de chambre lèvent la main quand il dit ça), eh ben elles sont bien chanceuses quand elles finissent leur journée, frites au bout de sept. Vous le savez déjà, mais avec ce système de travail à la tâche, de temps complets cachés, peu importe le temps de travail marqué sur votre contrat, si on vous dit de faire vingt, trente-cinq ou quarante-cinq chambres par jour, vous les faites et ça prendra le temps que ça prendra, c'est pour ça que je parle de plumage et de volaille, chère Diva.

— Tchip, elle répond en remuant la tête, manière de dire qu'il ne lui apprend rien.

La solution pour Amado est plus que jamais l'intégration au sein du groupe Myriad. Augmenter les salaires, faire passer les temps partiels en temps complet, les CDD en CDI, pour enfin faire baisser ces chiennes cadences de l'enfer.

— Des questions ? conclut le syndicaliste en balayant l'assemblée du regard.

On entend plus que le bruit des tracts-éventails remués. Face à ce silence, Amado s'apprête à continuer à les ensevelir de mots. Rita est sur le point de dire quelque chose, elle se ravise quand son regard croise celui d'Aminata. Grande est emmurée en elle-même, silencieuse. S'échappent de ses chairs seulement les soubresauts venus de sa gorge, et sa sueur. « Je ne sais pas qui vous a mis toutes ces idées dans la tête. » Ces mots lui reviennent quand elle voit Grande enfermée comme ça. Bianco, le directeur de l'Inside, avait dit qu'il ne savait pas alors qu'il savait très bien. L'écho de cette mauvaise phrase est amplifié par la voix d'Amado.

On est ses marionnettes ? Maniées avec des fils en forme de longs longs mots ? Il fallait batailler contre Myriad déjà. Et maintenant contre cette parole qui nous meut ? Non, c'est trop.

La parole d'Amado c'est du pouvoir. Un pouvoir blanc qui sait ce qui est bon pour nous. Ça ressemble à ce qu'elle voit à l'école de ses fils, où maîtres et maîtresses blancs exhibent le savoir. Ou à la tévé, dans les matchs de foot que ses fils regardent, où beaucoup des joueurs sont basanés quand les entraîneurs, eux, sont tous blancs. C'est une conseillère d'éducation qui conseille une orientation. C'est un entraîneur de football qui vous place dans une position. Ils ont la parole, donc le pouvoir. Rita n'est pas sûre, mais c'est quelque chose de cet ordre qui se joue là devant ses yeux, et cette sensation d'inégalité face à la parole, c'est désagréable. Les raideurs dans son ventre le lui disent. Sa parole nous façonne, malgré notre nombre. Fait-on vraiment ce qui est bon pour nous-mêmes ? Rita pose son tract-éventail sur sa cuisse, s'éclaircit la gorge, et demande :

— Comment on va faire venir ces journalistes ?

Amado prend son temps pour choisir une cigarette, on dirait qu'il fait plouf comme un gamin pour choisir une des dernières clopes du paquet. Il ménage encore le suspense, en choisit une, l'allume, tire longuement dessus, expire sa fumée, avant de dire d'une voix faible et granuleuse, il faut forcer l'oreille pour entendre :

— On va organiser un événement.

21.

Encore dans le lit, la femme garde les yeux fermés. Lui est enfin rentré, revenu d'un trop long voyage, il est décalé. Dans le noir, son regard se perd au plafond. Puis il promène sa chaude main sur le dos de sa femme, il descend ensuite sur ses hanches. La féroce chaleur est piquée de froid quand elle sent l'anneau d'or autour du doigt qui le porte. Son silence aide à vaincre la timidité de gestes née des dernières tentatives infructueuses. Et elle émaille ce silence de petits gémissements indiquant là où c'est vraiment bon, et là où ça pourrait l'être davantage. Quand il marche sur une hanche, c'est un téton qui demande. Quand il va sur une cuisse, c'est plus haut que ça gratte. Maintenant, elle joint les mouvements aux gémissements, et glisse un peu plus haut ou un peu plus bas sur les draps. Sur le dos, sous la nuisette aux coutures effilochées, un pays de courbes et de verdures flétries que redécouvre la main promeneuse du mari enfin revenu. Les yeux fermés, on voit jusqu'aux recoins du plaisir, alors elle les garde ainsi. Une morsure à la lèvre dans le noir, elle espère. La main se change en deux doigts épais accueillis en elle. Ils tournoient au début d'elle, au milieu, au début, au milieu, ils répètent, jusqu'à aller au fond. Les doigts se noient, et elle ressent enfin cette peau manquante. Son corps est plus suant que le sien, ses ongles descendent, et grattent le ventre imberbe et gras. La vieille nuisette s'envole dans le noir. Les doigts s'en vont, et elle se met sur le ventre. La chose veineuse s'enfonce en elle. Son silence dit : Je n'aime pas ça. Mais ça continue. Elle se durcit, se redresse sur ses genoux, malgré sa douleur, fantôme des génuflexions passées et à venir. Et en un coup de son large postérieur en arrière, elle peut mieux l'avaler. Elle le sent qui cogne fort dans son ventre, qui fatigue à l'intérieur. Le bourdonnement fait vibrer ses extrémités : les pieds, les doigts, le crâne. Libéré de ses cheveux, son crâne picote moins. C'est mieux. Le lit participe, il gigote par à-coups qui suivent le rythme des reins de Rita. Pluie de sueur sur ses lombaires. Puis, elle chuchote de mauvais mots comme des incantations qui continuent de le faire grossir en elle. Ses ongles griffent les draps, puis s'enfoncent dans une cuisse, et guident. C'est mieux. C'est bon. Elle pourrait crier, mais elle se tait. Le rythme ralentit, elle pourrait crier encore plus fort que la fois d'avant, mais elle se tait, parce que de l'autre côté de la paroi, Loïc et Christian dorment. Elle bondit du lit en voyant apparaître cette image. Les yeux écarquillés, un cri la traverse et éventre la maigreur du mur. Son corps se fout de la paroi, et de réveiller les enfants, il continue son bruit. Rita écrase sa main sur sa bouche et essaie de se taire, de calmer aussi le bruyant son de sa respiration, et ça lui fait mal. La bouche bâillonnée, les yeux plissés, elle scrute l'obscurité. Rita est seule dans ce lit inondé de cyprine et de sueur, où l'ombre de son souvenir persiste.

Le mari parti n'a plus aucune place dans leur vie, Rita ne parle jamais de lui, les garçons ne posent aucune question, mais parfois, des silences, des regards le convoquent. Généralement un tiers, qui demande après leur papa, ce qu'il fait, où il est. Rita leur a bien dit qu'ils n'ont plus de père, c'est tout ce qu'ils doivent répéter si on leur demandait à l'école ou ailleurs. Ce fuyard n'a plus sa place nulle part ici, elle ne lui en laissera pas.

La seule chose qui est restée aux fils, c'est les neuf lettres de son patronyme. Les enfants ne portent pas le même nom que Rita, ils portent son nom à lui. Les garçons n'ont jamais rien dit de ce nom, même Loïc qui questionne tout. Elle sait qu'un jour ils demanderont, chercheront, se feront plus pressants. Elle pense avoir encore le temps. Elle s'en veut de rêver de lui, mais elle ne contrôle pas tout. Est-ce qu'il pourrait avoir un droit sur eux ? Revenir et demander à les voir ? Elle doute. Elle s'est forcée à ne plus y penser. Elle a presque réussi. Mais il y a quelques jours, le téléphone a vibré, il a appelé.

C'est comment, Rita ? Je t'ai cherchée depuis tout ce temps.

...

Comment vont mes fils ?

Les lèvres de Rita bougent, mais aucun son n'en sort. Elle sait néanmoins qu'il a entendu ce bruit, l'effleurement collant, tremblant, de sa bouche asséchée en un instant, comme un encouragement à continuer.

Tu ne peux rien m'interdire, Rita.

Son cœur cogne contre sa cage thoracique et irradie jusqu'à ses tympans. Elle pense que lui aussi peut entendre ces vibrations. D'une main écrasée sur sa poitrine, elle essaie de calmer l'organe affolé. Elle n'y arrive pas.

Tu ne parles pas hein, mais si jamais il arrive quoi que ce soit à mes fils, ce sera ta faute, écoute-moi très bien, ce sera toi la responsable.

Des picotements assaillent ses aisselles, il fait chaud, et Rita pense que ses garçons auront bientôt des questions, ils auront besoin de lui pour devenir des hommes, parler de leurs choses.

Si tu ne veux pas causer, Rita, je serai obligé de me déplacer.

Elle regarde vers l'entrée de l'appartement, le voit bientôt apparaître. Et prononce un mot pour le dissuader de venir, mais aucune parole ne sort de sa gorge, comme dans un rêve muet.

Je t'entends, Rita. Je serai bientôt là. On sera réuni tous les quatre, bientôt.

Rita ferme les yeux, éteindre ce sens permet de mieux l'entendre. Les mots continuent d'affluer, rieurs, détachés, elle va raccrocher, c'en est trop, elle n'a pas à écouter ça.

Tu ne pourras pas m'en empêcher, Rita, je serai…

Elle appuie sur le bouton rouge avant qu'il termine sa phrase, et d'un geste soudain, balance son téléphone loin, comme si ça l'éloignait encore davantage d'elle.

Son silence suant et affolé a vite été interrompu par les vibrations répétées du téléphone qui se tortillait sur le canapé. S'il a trouvé son numéro, il pourrait aussi trouver son adresse. Elle sait qu'il reviendra, mais non non, pas maintenant. Quand Christian aura le bac, ou qu'il sera diplômé, et qu'il aura un bon métier. Là, ce profiteur reviendra, c'est sûr. Mais qu'est-ce qu'il veut ? L'effrayer ?

Malgré ses efforts pour ne pas, en entendant cette voix grave, elle a encore visualisé son faux sourire, son verbe joyeux, et comment il baisait aussi. Rita ne veut plus entendre parler de lui, jamais, mais entre ses silences elle se laisse juste le droit d'en cauchemarder-rêver.

22.

« Qu'attendons-nous
les gueux
les peu
les rien
les chiens
les maigres
les nègres
pour jouer aux fous
pisser un coup
tout à l'envi
contre la vie
stupide et bête
qui nous est faite
à nous les gueux
à nous les peu
à nous les rien
à nous les chiens
à nous les maigres
à nous les nègres »

Les mots d'Amado prêtés par le géant poète Léon-Gontran Damas grésillent hors du vieux mégaphone. « Résistance ! Résistance ! Résistance ! », souffle encore sa voix granuleuse. On applaudit du bout des ongles sur le piquet. Le syndicaliste tout fier de son effet politico-poétique range son téléphone, et sourit. Son mégaphone aussi porte un message. Depuis longtemps, Amado n'utilise que ce porte-voix-là. Il est le seul à s'en servir au syndicat. Depuis qu'un ancien lui en a raconté un peu sur le nom inscrit dessus : Fanon. Le grand psychiatre martiniquais avait pansé le sort de ces damnés de la terre qu'il est souvent amené à croiser au gré de ses luttes. Amado avait aimé. C'est ce que permet le syndicalisme, *apprendre,* aller dans ces endroits inexplorés, qu'il n'aurait jamais piétinés seul. Le Fanon MP-20S qu'il tient entre ses mains a jauni et faibli depuis le temps, ses cinquante watts n'ont même pas dû porter son poème au-delà des deux cents mètres.

Ce poème de Damas, il l'avait aussi découvert au syndicat, grâce à une jeune camarade. Elle avait laissé tout un tas de livres sur son bureau, en soufflant d'un air supérieur que ça pourrait l'aider à « progresser ». Amado n'en avait lu aucun, mais les avait tous feuilletés et c'est vrai que ce poème était bien tourné, et en plus, pas de jaloux, il inclut tout le monde, marxistes, antiracistes, animalistes : « gueux, peu, rien, chien, maigres, nègres ». Amado sait qu'il lui arrive parfois de pas être très fin, mais on lui pardonne aisément, « Laisse, c'est Amado » comme on dit. « Je sais que je peux progresser », il avait rétorqué à la jeune femme. Il ajouta aussi qu'ils n'étaient pas nés, n'avaient pas grandi à la même époque – « Suis né en 61, ça non plus, on ne choisit pas, hein » –, et termina en disant que personne ne s'était jamais plaint de sa vision, de ses manières, alors bon.

Malgré le mauvais son du vieux Fanon, Diva a entendu, et fort toussé quand le mot « nègre » s'est envolé par deux fois de la bouche d'Amado. « Toi, tu n'as pas le droit de dire ça », elle a gémi entre ses expectorations. À son côté, d'autres réagissent à la poésie.

Nin daɲɛ in kɔrɔ ?
Résistance ?
Awâ.
Nin daɲɛ in kɔrɔ ko ban.

Mariama traduit à Aminata le sens du mot « résistance » répété par le syndicaliste. C'est son premier jour sur le piquet de grève. Des youyous ont résonné quand elle est arrivée. « *Assalamu alaykum* », elle a souri du coin de ses lèvres violet-rose. On l'a assaillie de questions-injonctions. « Tu as bonne mine, ma chérie », « Tu as maigri, nan ? », « Non, ce n'est pas bon, tiens (bruits de sachets en plastique, c'est Grande qui tend ses fameux beignets luisants) », « Comment ça va chez toi ? », « Les enfants ? », « Monsieur ? », ont demandé d'autres.

Après ces retrouvailles, le calme inquiet est vite revenu. Peu de bruits aujourd'hui. Les voix, les mains, les instruments sont muets. Les gréveuses sont engourdies par la suffocante chaleur. Suer en nettoyant leurs chambres versus suer presque sans bouger sous les rayons du méchant soleil de la fin juillet, comme un rappel qu'endurer dans l'incertitude, y attendre, y patienter, y suer est aussi un travail. Sourcil levé, Mariama a l'air de se demander : c'est quel jeu ça ?

Rita lui raconte le déroulement de la grève jusqu'à présent. En même temps qu'elle parle, elle peut voir que Mariama a préparé son retour. Des tatouages au henné s'enroulent et grimpent sur ses mains. De fins traits de khôl autour des yeux tentent de déguiser son regard triste. Au bout d'un moment, Mariama demande d'une voix pleine de curiosité :

— Et comment on peut accélérer le mouvement ?

Rita hésite à aller consulter Amado. Elle a remarqué quelque chose de bizarre chez le syndicaliste. Il ne semble pas détester l'attente, plus la grève dure, plus elle est spectaculaire. Rita préférerait une grève sprint. Elle se retient d'aller le voir.

— J'ai une idée, dit-elle soudainement, de la gourmandise tapissant son regard.

Au centre de la place, les gréveuses forment une mêlée. Les chairs se rassemblent, s'emboîtent, des bras qui enlacent des épaules, des hanches qui s'embrassent. De l'extérieur, on voit des dos bombés, des foulards de tête bleus, orange, et verts. On entend des chuchotements courir, des râles de protestation, et des rires. Après un court moment à se mettre d'accord, la bande de femmes se disperse.

Mariama va vers l'entrée de l'hôtel. Elle discute avec le vigile. Le costaud semble heureux d'avoir de ses nouvelles après tant de temps. Rapidement, trois femmes se joignent à ces retrouvailles. Et dans le dos du vigile, une entre dans l'Inside, puis une deuxième, puis encore une autre. Seule Aminata reste avec l'agent de sécurité. Elle est vite rejointe par d'autres gréveuses. Amado expire sa fumée, et dodeline de la tête en observant ce manège, moins parce qu'il n'est pas d'accord avec l'action que parce qu'il n'a pas eu son mot à dire.

Après avoir monté les escaliers quatre à quatre, Rita et Mariama reprennent leur souffle. Il faut plus de temps à la première pour que sa poitrine se calme. D'autres gréveuses se sont dispersées dans les étages de l'Inside. Mariama a fermé la marche.

— Je crois que le réceptionniste nous a vues monter, dit-elle.

Rita place une main sur son sternum pour tenter de calmer ses soulèvements, avant de dire d'une voix étouffée :

— T'inquiète, on va faire vite.

Les feuilles dans ses mains reçoivent des gouttes de sueur. Ce couloir semble calme. Rita se baisse et glisse un tract sous une des portes du cinquième étage, où d'habitude elle se baisse plutôt pour frotter. Gauche et droite. Rita s'occupe des chambres aux numéros pairs, Mariama des impairs. Un étage c'est cent chambres et, dedans, beaucoup de clients qui liront comment elles sont traitées à l'Inside. Certains voudront déguerpir de cet endroit. D'autres, la plupart certainement, n'ont pas envie de connaître la coulisse, et le vil prix de leur confort. Quoi qu'il se passe, il y aura des clients mécontents, donc des patrons mécontents. Rita sourit en faisant glisser un autre tract sous une porte.

Elle lui montre aussi leur grève, sa grève, sous son meilleur jour, portant un visage conquérant et audacieux. Au milieu de leur avancée, Mariama dit :

— Tu sais, tu aurais pu me laisser faire cet étage toute seule.

Cette phrase installe comme un malaise. Un silence lourd et désagréable, une barrière qu'il vaut mieux briser d'un gloussement gêné, d'une diversion, ou d'un tchip ironique. En face d'une autre porte, Rita répond en se baissant :

— C'est plus rapide et plus gai à deux.

Les deux femmes croisent des clients qui, eux, pensent seulement croiser des femmes de chambre. C'est aussi sûrement ce qu'a dû voir le réceptionniste. Avant de changer d'étage, Rita entrouvre la porte qui mène aux escaliers, et tend l'oreille. Rien d'anormal. Elles descendent vers le quatrième. Ici, Mariama va plus vite que Rita. Au bout de quelques minutes, elle a déjà cinq ou six chambres d'avance. Rita zieute cette vitesse, quand elle la voit s'arrêter près d'un chariot resté devant une chambre. Rita se rapproche. Mariama pourrait tracer sa route, et continuer à glisser ses tracts, mais elle y pénètre, se cache derrière un bout de mur. Figée, elle semble regarder ce qui s'y passe. Rita la regarde regarder. Elle se déplace un peu, essaie de se donner de l'angle pour voir ce qu'elle voit, mais le corps de Mariama fait barrage. Mariama est immobile, jusqu'à ce que sa pile de tracts s'éparpille au sol. Elle se baisse, se cache contre le mur perpendiculaire à la porte, et ramasse les feuilles, en oublie quelques-unes en rebroussant chemin. Elle sort de la chambre, et comme prise de panique accélère le pas vers le fond du couloir. Elle court en essayant de ne pas courir. Rita se rapproche, elle peut enfin voir ce qu'il se passe dans cette chambre. Il y a des yeux. Deux grandes pupilles noires et effrayées. Ce sont ceux d'une des briseuses de l'autre jour. Rita est au seuil de la chambre. « C'est quoi ? » y résonne faiblement. Rita fuit aussi dans le couloir.

Il leur reste encore quelques tracts à glisser. Depuis la chambre de tout à l'heure, Rita n'entend plus que le silence de Mariama. Mais ce silence, c'est du bruit. Des bruits répétés même : ses pas, son souffle, les tracts froissés pliés tremblant entre ses doigts. En écoutant ce silence, Rita revoit ces yeux effrayés. La femme a eu peur du bruit de Mariama, et de ce que ça pourrait être. La gouvernante ? Un client revenu trop tôt dans sa chambre ? Mariama aussi a dû voir ces yeux, et c'est la peur de cette femme qui lui a fait peur. Mariama avance, elle glisse ses tracts machinalement. On en voit dépasser des bouts depuis le fond du couloir. Rita l'arrête. « On a terminé, on descend. » Mariama freine devant la porte qui mène à l'escalier, comme si elle s'apprêtait à dire quelque chose. Les deux femmes se regardent intensément, mais sont distraites par des cris. Ça gronde en bas des escaliers. Elles descendent, et aperçoivent Diva escortée par deux employés de l'hôtel. Derrière elle, c'est le responsable hébergement, ou un truc dans le genre. Il fait avancer la femme de chambre à coups de cravache en forme de mots menaçants. « Ça va très mal se passer pour toi », il répète en descendant les marches. Quand le type voit Rita et Mariama arriver dans son dos, il gueule :

— Vous aussi, c'est dehors maintenant !

Rita répond sèchement : « Doucement oh, les grévistes ont le droit d'accéder à leur lieu de travail. »

— Tu sais tout toi, maintenant, hein, il rétorque en faisant une moue rageuse.

Devant Diva, c'est Virginia qui ouvre la voie. La gouvernante descend les marches en jetant quelques coups d'œil par-dessus son épaule. La pupille est moqueuse. « La G, tu es mauvaise », répète Diva dans un murmure. Derrière, les bruyants soupirs de Rita disent la même chose.

Elles descendent, et d'autres éclats de voix semblent se rapprocher. En effet, le hall de l'Inside est rempli. Devant les portes coulissantes, des gens en costumes mal ajustés, d'autres en bras de chemise, auréolés de sueur et d'autorité, forment un mur face aux gréveuses. Derrière elles, les portes semblent devenir folles, elles s'ouvrent à mi-chemin, se ferment à mi-chemin. Un tas de confettis de similijournaux tapissent le par terre. Au milieu de tout ce brouhaha, Amado s'explique avec le directeur. Ils n'ont pas l'air du même avis. Les gréveuses immobilisées font des youyous quand elles voient Diva, Rita et Mariama. Leurs regards lancés vers elles accueillent comme une haie d'honneur. Téléphone à l'oreille, Bianco se retourne en voyant approcher les coupables. Le directeur leur lance :

— On vous a vues, on ne va pas laisser passer ça.

— Ah, vous nous connaissez maintenant ? demande Diva en montrant ses dents du bonheur.

23.

Dans le bureau, des étagères portent des trophées poussiéreux, des médailles aux colliers de rubans rouge, blanc, bleu, et des photos. Sur celles-ci, le garçon, mains dans les poches de son bas de survêt fatigué, reconnaît les visages de générations côtoyées dans la cour de récré, la rue, la cité. Il y a des amis, des sûrs, des connaissances aussi, plus vagues, et quelques figures floues, vite disparues. Certains ont déjà quitté le quartier grâce au ballon. On les revoit de temps en temps quand ils reviennent du centre de formation d'Auxerre ou Monaco. D'autres, malgré leur adolescence bien avancée, pensent encore suivre cette voie-là. Il sourit, réfléchit, et se demande ce qu'on aurait dû inventer si le ballon n'existait pas. Ciment des amitiés, et carburant de nos rêves à tous. Pour sûr, on l'aurait inventé nous-mêmes, s'il avait fallu, il imagine, en fixant cette dizaine de ballons Uhlsport enfermés dans un filet.

En détaillant les documents apportés, l'entraîneur demande à la mère assise en face de lui :

— Au fait, pourquoi Christian n'a pas joué avec nous la saison dernière ? Un grand gaillard comme lui, gaucher en plus, ça nous aurait fait du bien.

La mère et le fils se lancent des regards gênés. Ils cherchent quelque chose à répondre. Après quelques secondes de flottement, Rita dit simplement :

— C'était l'année du BEPC, du passage au lycée, il devait se concentrer sur l'école.

— OK, je comprends, dit le coach en continuant de scruter les documents sur sa table.

L'entraîneur rassemble les papiers dans une pile.

— Très bien, tout est en règle pour l'inscription de cette saison, continue-t-il, je vais dans la salle à côté faire des photocopies, je reviens tout de suite. Au fait, vous payez comment ?

— Par chèque.

Christian, grand sourire aux lèvres, revient s'asseoir aux côtés de sa mère. Elle cherche son chéquier au fond de son sac, tout en regardant le fils. Ses gestes et ses soupirs répètent encore que tous ses efforts sont pour lui. Puis elle parle pour calmer son euphorie :

— Si tu ne travailles pas à l'école, plus de foot. C'est compris ?

— Ouais, ouais, répond Christian.

— C'est ça, continue de sourire.

Le fils arrête d'admirer les nouveaux survêtements bleu et jaune du club dépliés sur un siège quand il sent les yeux de sa mère toujours lourdement posés sur lui.

— C'est bientôt fini ta grève ?

— Ça t'intéresse maintenant ?
— Ouais, c'est comment alors ?
— C'est long.
— Je t'avais dit, c'est compliqué ces trucs-là.
— C'est compliqué, mais ça vaut le coup, si j'avais fait ça avant, tu aurais fait foot l'an passé aussi.
— Ça t'apporte quoi de faire grève en attendant ?
— Il faut le voir comme une croyance, la foi dans le futur, bientôt ça nous permettra de mieux vivre. C'est pour toi que je fais cette grève, mon bébé.
— Mais pour l'instant, ça t'apporte rien.
— Regarde-moi son œil là, tu as encore mal ?
— Non c'est bon.

Rita observe ses traits se durcir. Il feint d'ignorer la douleur, mais il a toujours une petite trace violette sous l'œil. Ça doit encore lui faire un peu mal. Dans ce visage, elle voit le temps qui passe, et leurs moments séparés. Il n'y a pas si longtemps, Christian l'attendait derrière la porte quand elle revenait du boulot. Dès qu'elle passait le seuil de l'appartement, les jambes du petit garçon moulinaient et son regard étincelait. Dans leurs moments séparés, il avait peur. Il s'imaginait toujours le pire : une glissade sur les rails du métro, un chauffard sur le passage piéton, un méchant qui vient enlever maman, ce genre de bêtises. C'était son stratagème pour l'aimer encore plus fort à son retour. Comme un silence entre deux notes de musique. L'amour se régénère mieux sur la brèche, avec le manque, et la crainte de l'absence prochaine. À son retour, Rita s'y retrouvait en câlins, bisous baveux, et regards tendres.

Derrière cette façade endurcie, c'est toujours le même petit garçon aimant, mais avec moins d'imagination. Rita pose son pouce sur cette joue, l'étire, la pince, la masse, feint de s'occuper du cocard pour mieux voir cette ancienne face d'enfant. On devrait pour toujours rester enfant, libre, et marcher en courant. Oui, ce vieux visage est toujours là, intact. Christian le laisse immobile dans la main de sa mère. Après le pouce, c'est toute la paume qui l'enveloppe. Comme gêné ou sous le coup du plaisir généré par la main chaude de sa mère, le fils ferme les yeux. La chaleur aimante irradie son visage, son oreille, sa nuque. C'est mieux. Elle sent sa peau frissonner, voit son sombre duvet pointer, durcir, s'élever sous cette tendre caresse. Ses paupières sont relâchées comme s'il dormait. Et d'un coup, il se réveille en sursaut. Christian s'arrache de la râpeuse paume de sa mère quand il entend les bruits de pas se précipitant dans la pièce.

— Par chèque, hein, fait l'entraîneur regagnant son bureau.

— Oui, dit Rita.

En feuilletant son chéquier, la mère indique qu'elle paiera les 170 euros en trois fois. Le coach acquiesce en souriant. Sa main prend le stylo et tremble. Elle sait qu'elle ne peut pas payer tout de suite. Dans un mois, un mois maximum, on aura gagné, on retournera travailler avec nos droits respectés, et, enfin, on aura choisi pour nous-mêmes. « Fais que ça se termine dans un mois », elle murmure comme une incantation. Quoique, une discrète rature ici ou là pourrait peut-être empêcher l'encaissement de l'argent, puis non. « À encaisser le 2 septembre », elle inscrit au dos du premier chèque, comme un serment l'engageant plus fort dans la lutte. D'ici là, la grève sera terminée. *Le sang de Jésus.*

24.

Ce matin, Rita est réveillée par le ballet des travailleurs. Des basanés pour la plupart. En face d'elle, dans le métro, une femme menton baissé somnole, elle bâille, relève la tête, écarquille les yeux à chaque fois que la sonnerie retentit. Elle revient des bureaux nettoyés, et s'en va vers d'autres. Rita croit sentir sa violente odeur chimique, deviner sous sa veste, alignées, les lettres du nom de ce groupe de nettoyage qui fut un temps son patron à l'Inside. Au centre de la rame, des mains d'ouvriers attachées à la barre centrale, leurs bras sont encore tachés du ciment d'hier : ils retournent à la tâche. Sur leurs blancs T-shirts, des auréoles de sueur naissent. À la vue de leurs mains épaisses, Rita approche les siennes de son nez, ça sent encore normalement. Même les animaux vont travailler. Debout, un maître-chien calme son canidé excité en pressant son genou contre son cou. Les aboiements du chien sont traduits en gémissements par une muselière. Rita sort du train en écoutant cette inquiétante musique.

En ces temps de sueur bon marché et de T-shirts, la ville est vidée des aoûtiens, mais ses travailleurs sont encore là. De gros rats tracent le long des murs haussmanniens à la recherche d'un repas. La ville aux yeux encrottés se réveille. Elle piétine les pavés, puis une percée aux trottoirs étroits ouvrant de chaque côté sur des impasses attendant là comme des pièges dédiés aux manifestants. Une ombre noire est dessinée sur un mur beige. L'ombre bouge, se déforme, quitte son mur, rapide comme fuyante. Elle est encombrée d'un gros bac vert dont les roues chuintent, et grattent le parterre. La poubelle l'attend là. L'ombre toute noire continue à dévaler son couloir, bâtiment suivant, une main tire, l'autre pousse, deux bacs de sortie. Les ordures seront ramassées tout à l'heure. L'ombre reviendra ranger les bacs après ça. Encore des échafaudages, ceux-là masquent en partie la façade d'un café. Dedans, la tévé prend une place démesurée. Dedans, une chaîne d'information raconte ses vérités. Dessous, des T-shirts fluo d'éboueurs entourent des tasses de café, une pause pour ceux qui ont commencé trop tôt ou un ultime répit avant d'y aller.

Devant elle brillent des baskets à semelles épaisses, investissement pour mieux endurer cette journée, une femme aux cheveux déjà couverts, disciplinés, et au milieu d'elle c'est gondolé, peut-être une ceinture lombaire pour moins crier face aux charges portées, elle lavera des culs toute la journée. Porter des vieux corps desséchés, malades du temps qui passe, aux poils blancs, hirsutes, invisibles, les uns après les autres. Encaisser les remontrances aussi, les unes après les autres, à la chaîne comme dans une usine de désossage de crustacés. Si c'était possible, elle lui prêterait bien quelques gestes. Sept ou huit génuflexions, trois quatre portés, excusez, c'est compliqué avec mes genoux, mes poignets, hein, et elle lui prêterait facile de l'oreille pour une bonne dizaine de remarques mauvaises à écouter, ça y en a, elle sait supporter. La femme tape un code et pénètre dans le bâtiment en lui jetant de rapides coups d'yeux complices.

Des palettes protubérantes attendent devant un Monoprix. Un monsieur penché souffle devant, puis reprend son effort, sa force décuplée par un chariot hydraulique, il les tire à l'intérieur.

Elle longe une école fermée. Si on était en temps scolaire, elle croiserait sûrement une de ces dames de service (on les appelle peut-être autrement maintenant). Elle se rappelle qu'un jour, en allant chercher son fils, une de ces dames l'avait agrippée par la manche, lui avait dit comment la maîtresse renommait Christian. La dame de service avait dit d'une bouche tremblante comme rageuse : « Elle l'appelle mon petit singe, c'est pas bon. » La dame avait parlé à la maîtresse, celle-ci lui avait demandé ingénument : « Quel est le problème ? » La dame n'avait pas su enchaîner, ce n'était pas de son fils qu'il s'agissait, alors elle était allée voir Rita à la sortie. « Il faut lui parler, ma sœur », avait-elle dit. Elle était comme vraiment dérangée par ce mot, donnait l'impression qu'on avait mal parlé de son propre fils, alors que ce mot ne gênait même pas Rita. En un sens, Christian était aussi le fils de cette femme. C'est pour cela que Rita était allée voir la maîtresse. Elle ne se souvient même plus de ce qu'elle était allée lui dire, mais de cette sœur de service, elle se souvient bien même. Ces deux femmes noires ne se connaissaient pas, mais elles se connaissaient quand même. C'est ce qui reste.

Rita continue d'avancer contre le tiède et tourbillonnant vent du matin. Là, on dort sur des cartons à même le trottoir. Elle enjambe l'invisible misère, et voit une femme pressée la dépasser. C'est une des briseuses de l'Inside. Elle est en retard. Ses courbures disent déjà ses centaines de milliers de gestes répétés. Qu'allons-nous faire de toute cette force musculaire ? Comme si toutes ces sœurs poussaient et avaient poussé le même rocher tout en haut d'une lointaine montagne. Entraînées par ce même mouvement d'éternel recommencement. Elles poussent toutes ensemble, dans un mélange de prières et de sueur. On échange ce qu'on a, et que chaque jour on a un peu moins. À la vue de cette femme pressée, fendant l'horizon, elle sait que le rocher n'est en vérité qu'une multitude de cailloux tranchants, mais encore lourds, transportés chaque jour par des porteuses écartelées. L'union semble intuitive, mère de toutes les solutions, facile à décréter, non non, ce sont des faussetés, c'est une longue route sur laquelle on est encore charroyées, peu sereines.

Au milieu de ces ombres voûtées, son pas faiblit, lui reviennent en pleine lumière les images de cette femme à l'œil fâché comme celui de Cesária Évora. La femme du souvenir qui avait lutté victorieusement, elle ne sait même pas l'issue de sa lutte là, mais ça ne pouvait être autre chose que la victoire. Elle est la preuve, plus en chair qu'en os, qu'on doit continuer.

À mesure qu'elle s'en rapproche, les bruits du piquet de grève décuplent. Rita est accueillie par une bagarre de voix. Les unes essayant de dominer les autres. Mariama et Aminata sont côte à côte face à Diva. Mariama traduit sèchement les mots d'Aminata : « Pour moi la grève est terminée. Je monte. » Grande a un feu qui s'éteint dans les yeux, dans la bouche. Elle se tourne vers Rita, dont elle attrape la main, et souffle un mot en français comme une dernière flammèche : « fatiguée ».

25.

« fatiguée ». La voix d'Aminata résonne comme l'écho d'une mort à petit feu. « fatiguée ». En français. Ce mot-là, elle le connaît même dans cette langue. « fatiguée ». Elle a dû le répéter jour après jour, nuit après nuit, chambre après chambre. « fatiguée ». Rita est ramenée au travail en entendant cette voix.

Le produit chimique attaquant, charcutant les saletés dans la salle de bains sent jusque dans ses narines dilatées par l'effort du lit tiré, des draps et housses dépliés, étendus, repliés, changés contre du propre, puis le lit est, quelques gémissements plus tard, repoussé contre son mur. De petits mouvements vifs de son bras droit, elle efface la poussière sur le bureau, l'armoire, la tévé. Ensuite, il faut encore se baisser, se plier, tirer sur ses lombaires, la moquette est aspirée entre quelques coups d'yeux donnés à l'écran de son téléphone. La lutte toujours pour tenir le rythme d'une vie s'en allant trop vite. Puis des verbes en *er* à répéter. Ce sont les membres de Rita qui s'abîment à conjuguer les efforts : tirer, se plier, s'agenouiller, s'étirer, se déplier, pousser, répéter, répéter, répéter, frotter la faïence avec la brosse à poils durs, ses éclaboussures se jettent sur son visage, elle les efface d'un coup d'avant-bras, le produit chimique fait son effet, maintenant la serpillière tournoie sur les carreaux, d'autres coups d'yeux sur l'heure. La poubelle est vide, ça a l'air propre, mais on ne sait jamais, Rita vérifie qu'un cheveu n'ait pas été oublié, récemment une fille avait changé d'hôtel pour ça. C'est bon. Le chariot est poussé jusqu'à la prochaine chambre. Ici l'odeur l'enveloppe, la pénètre sans prévenir. Aller jusqu'à la fenêtre et l'ouvrir. Chambre de saligaud. Des traces rouge sang : sur les draps, les murs, la moquette. Des miettes de chips peut-être, des morceaux de pain durs comme du ciment, des petits bouts de cornichons, de tomates et d'oignons, enfoncés dans la moquette, comme un sandwich bien bourré qu'on aurait fait voyager par les airs. Dans la cuvette des toilettes, une diarrhée rouge oubliée. Rita grimace face aux grumeaux du vomi encerclant le siphon de la douche, ses mains sont maintenant hydratées du même liquide que celui qui gorge les serviettes, elle les renifle, et regrette de n'avoir pas déjà mis ses gants en caoutchouc, le liquide est visqueux, elle passe ses mains sous le robinet en face du miroir, d'où elle zieute le mouvement incontrôlé, tordu, bizarre de lèvres qui ressemblent aux siennes et répètent *Akpé na Mawu.* Elle tourne vite la tête pour ne plus les voir. Derrière elle, le produit chimique agit sur la cuvette, dans la douche. Elle vide les poubelles, retourne enlever les draps tomatés, puis elle s'allonge sur le lit même si c'est interdit par la contremaîtresse, Virginia, mais voilà, faut préserver les rotules.

Étendue sur ce lit, elle regarde en dessous de lui, sereine comme une mignonne qui guette le croquemitaine, à sa place, c'est quatre mignonnettes vides, un cendrier trop rempli, et trois capotes avec du sperme au fond. Elle pense surtout au temps qui s'en va, Rita est proche, mais seule, loin des autres, elles aussi en train de batailler contre leurs chambres, ailleurs, ça aurait pu être différent, à l'usine par exemple, elles auraient affronté au moins la même machine, en même temps, se contant des cancans ou des Psaumes, ici leur force musculaire s'épuise loin les unes des autres, dans d'autres chambres, à d'autres étages, et demain peut-être dans l'hôtel où on sera déplacées. Maintenant au sol, à plat ventre pour aller ramasser ces conneries sous le lit, elle frotte et brûle ses rotules contre la moquette, rampe pour atteindre la dernière mignonnette, est-ce qu'Aminata boitait avant de commencer à l'hôtel ?, elle sait plus, elle a jamais su, mais les génuflexions n'ont rien dû arranger c'est sûr, cette jambe qui traîne pourrait demain être la sienne. Elle regarde encore l'heure. Sa lenteur lui rappelle la rapidité de la nouvelle, Mariama vient d'arriver, et tient déjà un rythme plus rapide que le sien, dans son couloir, elle enchaîne sa trâlée de chambres, sans savoir que peu importe ta vitesse, c'est sans fin. Rita se revoit jeune à travers les gestes vifs de Mariama, déjà réglée comme un automate avec ses quatre chambres à l'heure, le corps poussé par sa jeunesse et l'esprit trompé par elle. Mais pour l'instant les portes claquent derrière sa fraîcheur, et son chariot roule et roule jusqu'à la prochaine chambre. Rita est encore en retard. Elle entend la voix de Diva.

Parfois, en fin de journée elle se met à crier-chanter de sa voix grave, suis une régulière de la chorale gospel de mon église ho, répète-t-elle, au travail ça fait *Mon père est parti si loin d'ici / Ma peine est toujours dans mon cœur / Mais j'ai la joie d'avoir ma famille aussi / Mon père est parti si loin d'ici / J'ai la joie car j'ai du monde qui m'accompagne.* Un jour pluvieux Rita lui a conseillé de s'inscrire à *The Voice*, Diva n'a pas mordu, effectivement c'était pour rire, son chant là n'est pas bon, mais au moins ça fait tenir de crier-protester en chansons contre ses trop longues journées. Sous cette musique, Rita retourne dans la douche, son genou s'enfonce dans le carrelage, où elle ramasse ces gros grumeaux trois par trois, autour du siphon, le vomi séché a été décollé par le produit chimique, elle frotte, puis regarde l'heure, un son s'échappe de ses lèvres : « fatiguée ».

La fatigue de nos corps, c'est ça aussi, ces insultes criées, ces tchips bruyants lancés à distance, un manque de respect éreintant abandonné dans les silences des recoins des chambres d'hôtel. Il y avait encore l'Advil contre la douleur, mais il n'y avait rien à avaler contre ces humiliations lancées à distance. Les travaux ingrats du secteur des services sont cette démone à deux têtes, la répétition des tâches abêtissantes de l'activité industrielle et l'adorable variable humaine.

Pourquoi veut-elle remonter ? Aminata ne peut pas remonter vers ces chambres. Pas déjà. Rien n'est amélioré. « fatiguée ». À la lueur des droits dont elles sont privées, Rita n'entend plus les gémissements d'Aminata, elle entend seulement une agonie.

26.

Le regard d'Aminata dit à Diva de surtout pas l'insulter, sinon tu vas voir. Ses yeux rougis semblent déjà avoir pleuré leur part. Aminata parle aussi avec sa bouche. Mariama continue de traduire ses mots. Elle affadit peut-être ses propos qui éructent, rebondissent, se répercutent violemment sur le piquet. Mariama pose son corps entre les deux femmes.

— Tu nous lâches, c'est la vérité vraie, on n'est pas en dictature ici, je peux dire ça, fait Diva.

— Tu as dit autre chose tout à l'heure, tu crois que je comprends pas, répète ce que tu as dit, après on va vraiment parler, traduit Mariama.

Grande appuie la traduction de violents bruits de désapprobation en direction de Diva. *Blewu ! Blewu !* Doucement ! Doucement ! répète Rita comme si Aminata entendait sa langue. En fait, c'est pour elle-même. Elle observe la situation, essaie de se calmer, de comprendre. Les cohortes de travailleuses fragmentées sont là même sur le piquet, où elle les pensait à l'abri de la désunion. Rita se rapproche de Diva, et lui rappelle qui est Grande au cas où elle l'aurait oublié. Une main est posée sur un bras, l'autre attrape une épaule arrondie. « Qu'est-ce qu'il se passe ? »

Mariama explique que Ménage à la française a appelé le mari d'Aminata. Au téléphone, ils ont raconté des choses mauvaises sur la grève de sa dame qui dure depuis plus d'un mois. Toi ? Moi ? Elles se questionnent. Les maris de quelques-unes seulement ont été appelés. Aminata fait partie de ce lot déveinard.

Les mots continuent de couler, mélangés, entremêlés. L'oreille se déplace naturellement vers ceux qu'elle comprend. Le timbre laineux de Mariama couvre celui rauque d'Aminata, accouchant d'une musique désagréable à l'oreille de Rita. Elle repense aux paroles prononcées par le directeur de l'Inside l'autre jour. Il les a menacées, leur a dit que ces chiens réagiraient à leur distribution surprise de tracts dans l'hôtel. C'était son idée. C'est de sa faute. Aminata remonte par sa faute. Quand elle comprend ça, elle est frappée par l'immensité de ce qu'elle ne sait pas. Elle ne sait rien de la lutte. Il aurait mieux fallu demander à Amado, et ne pas y aller ce jour-là.

— Mon mari m'a prévenue qu'ils avaient appelé, continue de traduire Mariama, il m'a pas forcée, il m'a juste prévenue que ces gens avaient appelé, il m'a rien dit d'autre, et parce que je respecte mon mari, j'ai décidé de remonter, c'est moi qui l'ai décidé, c'est comme ça. Bon courage, les femmes.

Bien avant l'Inside, Grande avait travaillé aux champs au bled. À cultiver le maïs, la noix de cajou, l'arachide, la mangue, le zaban. Là-bas, papa tenait un kiosque en tôle, où il écoulait fruits et légumes. Elle entend encore l'acier chantant-grinçant sous le souffle sableux, sec, et violent d'Harmattan. À côté, Aminata allait aussi à la médersa, où elle a appris à lire le Coran. C'est là-bas que Libasse s'est présenté. Un cousin éloigné voulant se rapprocher. Papa Maman lui ont bien demandé si elle était d'accord avec ce mariage. Ça lui a pris deux ans avant de dire oui. Elle le croisait parfois. Ses beaux yeux marron. Le léger décalage qu'ils créaient avec sa peau très noire adoucissait son triste visage. Elle s'en apercevrait quand il fermerait les yeux au-dessus d'elle. Elle rêvait aussi de ses muscles secs, ses épaules saillantes, ses abdominaux sculptés, ses biceps veineux, qu'elle avait aperçus quand il se baignait dans le lac. Voyant ça, elle se demandait ce que lui avait vu d'elle sous ses pagnes, robes, et foulards amples. Peut-être que le mystère de ses formes travaillait aussi son imagination.

Elle avait choisi Libasse, mais avait rapidement su que ce ne serait pas un mariage d'amour. Le temps aidant, elle a oublié ces rêves enfantins. Et elle a choisi, cette fois, de le rejoindre en France. Où il travaille toujours comme nettoyeur de graffitis à la SNCF. C'est grâce à un tuyau de l'entreprise de sous-traitance qui emploie son mari qu'Aminata a commencé à s'éreinter dans les hôtels. Le travail les lie dans ce mariage. Les enfants, aussi. Aminata veut que ses filles, Maïmouna, Djenaba, Maïram, aient plus le choix qu'elle. Elles rêveront d'autres mondes possibles. Grande travaille à ça. L'appel des patrons est juste venu lui signaler qu'il était temps de remonter. Les choix sont ces conditions qui s'écroulent sur nous, et nous poussent, et nous agissent. Est-ce qu'on choisit jamais vraiment ? C'est son mari, son aîné, ses parents, ses cinq enfants, sa religion, son histoire qu'elle choisit en remontant.

Libasse n'avait pas eu besoin de demander quoi que ce soit à sa femme. Pendant sa grève, le mari a beaucoup pensé à feu son père, une larme pour lui, sachant plus que jamais que le vrai chef est celui dont on entend les ordres en rêve ou en pensée. Un sourcil, un doigt levé, et tu sais ce que tu as à faire avant même que le tonnerre gronde sur toi. Chef, vrai chef, n'a plus besoin d'ordonner.

Rita attrape la main d'Aminata. La regarde comme pour l'implorer de rester ici. Mariama et Aminata échangent encore dans leur langue. Rita essaie de faire courir ses pensées, mais elle n'arrive pas à rattraper la palabre, ce grand mot qui la ferait changer d'avis là maintenant tout de suite. Tout ça est de sa faute, son idée imbécile. Aminata ment, dit « c'est moi qui ai choisi » pour sauver la face, se rassurer dans sa puissance de Grande, mais c'est son monsieur qui a dû lui forcer la main, ou alors c'est les patrons qui ont méchamment menacé. C'est du sûr même. Rita en est réduite à espérer ça. La fuite d'Aminata rappelle que ces derniers jours d'autres lui ont demandé ce qui allait se passer. Quelques secondes dans le fourmillement du piquet de grève, qui deviennent maintenant minutes puis heures. D'autres remonteront peut-être ? Dans un même élan, elles retourneront toutes briquer leurs chambres. La grève prendra fin. On aura fait tout ça pour rien.

Rita sent ses yeux brûler sous la rage. Leur longue étreinte dure, sans mots, sa peau encore contre celle d'Aminata, elle se calme sous son regard flottant, tranquille, apaisé, de celle, fidèle à elle-même, qui a fait ce qu'elle avait à faire, ce n'est pas un adieu, mais quand même un peu, elles se reverraient, certes, mais ce serait différent. Grande enlève sa main de celle de Rita.

Aminata dépeuple la place, la grève, et le cœur des femmes de sa force irradiante. Elle s'en va. Et boite comme si elle portait son poids en fantômes trop lourds, et qu'on ne verra plus. Toutes la regardent boiter jusqu'au bâtiment. Grande est avalée par les portes coulissantes et goulues de l'Inside.

27.

Christian passe par la médiathèque avant d'aller capter les quatre garçons. Sous la musique des chariots qui boitent, des enfants qui braillent, des quidams qui disent « Euh excusez-moi je ne trouve pas le », il feuillette un manga, et salive de l'histoire de ce garçon qui en tue d'autres en écrivant leur nom dans un cahier. *Death Note*, ça s'appelle. Le type qui replace les bouquins dans les rayons lui dit de se presser, que la médiathèque va bientôt fermer. C'est le signal pour aller chercher un vrai bouquin au deuxième. Christian se casse pas la tête. Il en prend un posé en bout de table, couverture rouge, peu de pages si jamais fallait le lire, en plus il tiendra dans sa poche, et le nom de l'auteur claque.

Il faut marcher marcher pour rentrer au quartier. Va comprendre, ils ont mis la seule bibliothèque de l'autre côté de la ville. Avoir un livre en main, c'est technique. Il sait pas combien de temps il restera avec les gars, mais au moment de rentrer, dégainer ce livre adoucira les reproches de maman. Il essaie de caler le bouquin dans une poche, mais il est trop large en fait, il ne rentrera pas sans esquinter son bas de survêt. La vie, j'ai juré que ça rentrait, j'aurais dû essayer avant, il dit en se rendant compte de sa bévue. Il sait aussi que ces cons de Piwi et Pops ne manqueront pas de le tailler sur ce barda-là.

Flemme de faire les quais à pied en portant cette chaise sur son épaule. Pops avait tenu parole, il lui en avait trouvé une : Quechua, dossier rouge, avec accoudoirs et porte-gobelet. Christian avance de son pas nonchalant, Pops avait raison quand même, c'est léger. Le long garçon sait qu'après la rentrée, il aura moins l'occasion de voir ses potes. Quitte à pas partir en vacances, autant s'ennuyer au quartier. Christian regarde un horizon illuminé par les derniers rayons de soleil de la journée. Des deux côtés de la Seine, le terne des bâtiments de cette ancienne zone industrielle s'estompe un peu. Quand il entend une voiture, Christian regarde au-dessus de son épaule, tente de reconnaître le conducteur, ses yeux disent : Tu dates gros ! Moyen qu'tu m'jettes ? Personne ne s'arrête. Le garçon avance. Sa longue silhouette passe celle des hêtres qui parsèment cette route, où le trajet se fait le plus souvent véhiculé.

Christian ralentit. Il lit la quatrième de couverture du livre qu'il tient en main. Ouvre le bouquin sur une page au hasard, et esquisse un sourire. Il regarde le titre, avant de regarder l'heure. Puis dans son dos, un son aigu comme l'arrachage sec d'une bande de chatterton restée collée trop longtemps. Des pneus qui crissent. Christian sursaute, se retourne, regarde, la voiture maintenant en contresens s'arrête à son niveau. Sa chaise tombe par terre. Deux hommes en sortent. Christian recule. L'un des hommes a quitté la place du conducteur, la portière est restée ouverte. L'autre plus râblé, barbu, quitte le siège passager, il claque violemment sa porte. Les deux types déboulent sur lui. Une femme passe de la banquette arrière à la place du conducteur. Elle avance le véhicule, le remet dans le sens de la marche, et le range bien parallèle à la chaussée. Barbu a stoppé Christian en se plaçant devant lui. Grand s'est placé derrière. Les deux hommes agrippent les bras de l'adolescent chacun de leur côté. Christian se débat, les hommes renforcent leur étreinte, et lui dans les bras traversent la route de sorte à être sur le trottoir à côté du Peugeot 307.

Arrivés en face, Barbu dit à Christian qu'il s'agit d'un contrôle d'identité de la police nationale. Le fils proteste, demande ce qu'il a fait. Pas de réponse de la part des deux hommes. La femme dans la voiture sort pour regagner la banquette arrière, d'où elle tire quelque chose. Elle laisse sa portière ouverte côté trottoir. Christian est placé dos contre le mur de clôture d'une usine qui était là avant. Warnings allumés, la voiture envoie de l'orange et le ravale et le renvoie. Sur la route des voitures ralentissent pour dépasser le 307, de gros yeux accusateurs dépassent des fenêtres et se posent sur Christian. Barbu demande au fils de lui passer son téléphone et le code pour le déverrouiller. Grand lui dit de mettre sa casquette et tout ce qu'il a dans ses poches par terre. Le fils obtempère, et demande à nouveau ce qu'il a fait d'une voix moins assurée que tout à l'heure. Il retire son portefeuille, ses clefs, son Labello de ses poches, et place le tout ainsi que le livre dans sa casquette qu'il s'apprête à déposer au sol. Grand lui arrache des mains le couvre-chef devenu une besace qu'il vide en la secouant à l'envers. Clefs, Labello, et portefeuille s'écrasent au sol.

— Oui, c'est lui. L'homme qu'on a correspond, dit la femme dans la voiture.

Barbu vient de taper quelque chose sur l'écran de son téléphone, Christian voit s'y afficher une série de chiffres qu'il n'avait jamais aperçus auparavant. Barbu met le téléphone dans la poche de son pantalon. Grand lui donne le livre. Barbu l'ouvre, et tourne les pages lentement. Il le retourne, le tient à l'envers, à l'endroit, le secoue et le pince à l'extrémité façon Thétis, ouvert au milieu, il tire première et quatrième de couverture du bouquin comme s'il voulait le déchirer. Il tourne les pages, et les renifle. Attention, wesh ! C'est pas à moi, c'est un livre de la bibliothèque, dit Christian. À côté, Grand examine le fond de la casquette. Il promène ses doigts sur ses coutures, et cherche ce qui pourrait se cacher sous sa toile intérieure. Quand il en a terminé, il la jette au sol vers clefs, portefeuille et Labello. Et demande à Christian ses papiers d'identité. Le fils bégaie qu'il ne les a pas.

— Comment on fait alors ? demande Grand.

— J'ai peut-être ma carte du collège, répond Christian en pointant de l'index son portefeuille.

Le gars se plie, et l'arrache de son long bras. L'autre continue sa lecture plus avec le nez qu'avec les yeux, il fait peu de cas des bons mots de Gogo, Didi, Lucky et Pozzo. Il cherche autre chose. Et la femme dans la voiture confirme au talkie :

— Ouais, il correspond, ça prend juste un peu de temps.

Grand regarde la carte et détaille Christian. Il la remet à sa place, checke le contenu du portefeuille, rien, il le jette à terre, et dit :

— On va procéder à une palpation, écarte les jambes.

J'vais à l'école, dit Christian en appuyant bien sur le mot é-c-o-l-e, comme si ça pouvait changer quelque chose. Les doigts de Grand se promènent sur le torse de l'adolescent auquel il demande d'écarter les bras. La main gauche se balade sur son ventre puis ses hanches. Et maintenant les deux mains se calent sur le début des cuisses. Ensuite elles tapotent, cuisse gauche, puis cuisse droite. Quand il fait ça, le revers des mains de Grand, droite puis gauche, effleure le sexe de Christian sous son bas de survêt. Ensuite les deux mains étranglent la cuisse d'où elles glissent du haut jusqu'à la cheville. Gauche. Droite. Barbu finit de renifler les dernières pages du bouquin, et dit :

— Bon baisse ton pantalon et ton caleçon maintenant !

Ils laissent durer un long silence avant d'éclater de rire tous les trois. C'est bon j'rigole, tiens ton livre, c'est bien, continue l'école petit, ajoute Barbu. Mon phone ! fait Christian. Barbu le lui tend, et regagne la place du passager. Grand s'en va côté conducteur. Le 307 démarre en trombe.

Christian examine son téléphone, le met dans sa poche. Le fils s'accroupit. Il respire et ressent le tout mouillé dans le creux de ses aisselles. Ses lèvres lui obéissent mal, elles palpitent. Il arrache une marguerite qui s'érige dans le bitume. La sent, la lèche de sa langue sèche. Dans son dos les voitures traçant sur les quais vrombissent encore, pendant qu'il lèche la marguerite qui a persévéré dans le gris. Une minute avant, il n'avait le droit ni de la sentir ni de la lécher, vu qu'il avait prêté son corps. Alors il en profite, il donne des petits coups de langue tendus à la fleur, puis la fourre dans sa bouche encore tremblante, et mâche de toutes ses forces. Un peu de salive revient lentement humecter son palais. Les pétales, les fleurons sont fruités, la tige est aigre. Il avale le tout difficilement, en contractant les muscles de sa gorge comme pour un comprimé. Il tousse un bon coup, avant de ramasser son portefeuille et ses clefs qu'il fourre dans ses poches, tant pis, son tube de Labello a roulé quelque part. Il époussette sa casquette, et avec ses longs doigts la remoule, puis l'enfonce sur sa tête. Va chercher sa chaise pliée. Et commence à courir. Il cavale à grandes enjambées. Il a besoin de plus en plus d'air, souffle fort, les poumons avalent, et les yeux brûlent, malgré la vision brumeuse il continue à sprinter. La Cité Verte n'est plus si loin. Par ses pores déjà dilatés, une sueur de colère s'échappe. Dans sa foulée, il crie.

bande de fils de putes vous avez fait les fous à plusieurs hein on va voir j'ai donné mon phone parce que j'étais pressé pas le temps pour les conneries ce soir j'suis pressé vous êtes chanceux mais vous faites pas les fous quand on est plusieurs hein prochaine fois j'donne r fils de timp il est là à tourner les pages il a cru il allait trouver quoi dans le livre ça arrive ça fait des dérapages ça s'croit dans un film d'action ça veut péter des mecs seuls sur les quais on va voir fils de grosses timps continue l'école t'as cru t'es mon père tu vas m'dire quoi faire t'as fait l'école toi fils de grosse timp que dalle toi enculé tu m'touches tu crois quoi t'es qui pour m'toucher tu m'as souillé tu m'as sali fils de grande timp j'te pisse dans la bouche sale chien plus jamais tu m'touches t'es qui pour m'toucher pour m'fouiller jette mes affaires j'te connais pas tu m'touches pas fils de timp toi sale pute c'est lui c'est pas lui sale conne qu'esse tu racontes celui qui m'a touché on va voir palpation ma bite pops il a raison la vie t'as l'droit en plus ça contrôle au hasard vous faites pas les fous quand on est ensemble là vous faites tah les mecs musclés sur les quais sait jamais ça pioche au hasard ça crache fort sur ici

Face au vent brutal, la casquette de Christian s'envole, dans son dos elle tourbillonne jusqu'au sol. Essoufflé, il s'arrête, se plie, mains sur les genoux, il inspire, expire bruyamment. Le fils se redresse, bombe le torse, et bande ses muscles. Dans ses narines dilatées, Christian aspire un peu de la virilité qu'il a laissée échapper tout à l'heure quand ses yeux fixaient ses chaussures. Et qu'il obéissait. Il revient sur ses pas, et ramasse son couvre-chef. L'adolescent termine le chemin en marchant, s'infiltre dans le grand ensemble gris-vert. Il checke de l'épaule quelques mecs en bas des tours, passe devant les grands, il va rejoindre les quatre garçons. À sa mère, Christian ne dira ni qu'il a eu peur, ni qu'il a eu honte. Il ne le dira pas non plus aux quatre garçons. À eux, avant de se bidonner, il dira plutôt : J'ai fait lire Beckett à un baqueux.

28.

La pluie tombe sévère, en rafales méchantes, fouettant le trottoir comme un dos noir. Une pluie d'été, aux exhalaisons chaudes, lourdes, mauvaises, comme Paris sait en donner. Les gréveuses sont serrées, réfugiées sous l'auvent d'une bijouterie jouxtant le piquet de grève. Le rideau de fer est baissé, le bijoutier est en vacances. Tant mieux, à chaque fois qu'il se montrait, il lançait de sales regards en direction du piquet. L'eau continue de piquer. Alors on se plaint de ce mauvais temps. De celles qui ne regardent pas la météo. De celles qui regardent la météo, mais ne ramènent pas de parapluie. D'autres disent ces pluies-là, là, ça ne dure pas de toutes les façons. Au même moment, une femme à la bouche de parleuse sort de l'Inside. Son cheveu plat, lisse, brillant, se met à friser subitement. Elle use de son sac à main comme d'une planche parapluie, et court, court, court vers l'auvent pour se réfugier. Les tchips l'accueillant sont noyés par le bruit de la pluie précipitée.

— C'est toi qui leur as dit d'appeler chez Aminata, hein ? lance une voix parmi les gréveuses.

Virginia jette des regards experts entre ciel gris et sol noir. Selon l'intensité de ce qui tombe, et des étincelles tout là-haut, l'orage ne va pas s'arrêter de sitôt. La gouvernante hésite à retourner à l'hôtel ou à courir jusqu'au métro. Elle secoue ses épais doigts perlés de gouttes d'eau.

— Avoue, c'est toi qui leur as dit d'appeler le mari d'Aminata, dit Rita en s'avançant. Tu savais très bien ce que tu faisais, et tu viens ici, vraiment, née avant la honte.

— Qu'est-ce que tu racontes, Rita ? oppose Virginia. Aminata est revenue travailler parce qu'elle le veut bien, tant mieux pour elle, mais moi, je n'ai rien à voir avec ça.

— Tu mens comme tu respires, fait Diva.

— Je connais Grande depuiiiiiiiiis. Vous croyez vraiment que j'aurais pu faire ça ? demande la gouvernante.

Virginia ne fait pas sa cinquantaine. Le teint est clair, fardé, apprêté, les lèvres soulignées de violet, les cils appuyés au mascara. À l'époque, La G aussi était femme de chambre comme Rita et Aminata. Depuis qu'elle est passée gouvernante, ses anciennes collègues la voient changée. Déjà, c'est elle qui contrôle leur travail. Des cheveux restés sur une couette. Des saletés oubliées dans un évier. Elle organise leur planning. A autorité sur elles. Et sa tenue – un tailleur noir – le leur rappelle à elles, toujours cachées dans leurs blouses exténuées. Dans l'esprit de Virginia, pas grand-chose n'a changé, quelques détails peut-être. C'est une suite logique pour une travailleuse forcenée comme elle. Un seul truc l'a gênée à l'époque. L'uniforme capillaire faisait aussi partie de ses nouvelles attributions. Elle n'a pas aimé se voir imposer ça. Pas comme les petites jeunettes d'aujourd'hui qui balbutient « euh le cheveu c'est politique, euh », mais parce qu'elle aime alterner les coupes de cheveux selon son humeur : défrisages, tissages, tresses, afro. Elle se sent un nouvel élan avec de la nouveauté, de la différence sur la tête. Devenue gouvernante, elle doit se contenter d'avoir « les cheveux propres ». Sa supérieure ne lui a pas directement dit qu'il ne fallait plus porter le cheveu crépu, mais par « propres », elle a compris qu'elle ne porterait plus que défrisages, tissages ou perruques. Des cheveux lisses, quoi. Elle préfère défrisage. Les 400 euros en plus sur la fiche de paie le valent bien. Malgré le temps passé, elle se souvient toujours de cette première chambre faite sous l'œil d'Aminata. Elle comprend leur grève, l'aurait faite avec elles, si elle-même était encore femme de chambre. Mais non, ce n'est pas elle qui a dit à Ménage à la française d'appeler le mari d'Aminata, ils n'ont pas besoin de ça. Pourtant, elle sait que quoi qu'elle dise, elles ne la croiront pas.

— Si vous êtes assez bêtes pour croire ça, c'est votre problème, je n'ai pas votre temps.

— Qui est bête ici ? demande Diva.

— Espèce de vendue, dit Rita.

— Tu penses vraiment ça, Rita ? demande Virginia.

— 200 %.

— On a trimé ensemble, ici même, dit Virginia en pointant un ongle manucuré vers l'Inside, on a partagé, j'ai toujours demandé après Christian, après Loïc, mais tu ne me connais pas Rita, c'est triste pour toi.

Des larmes roulent sur les joues de Virginia quand leurs faces toujours dédaigneuses lui confirment que tout ce passé à charbonner ensemble est mort et enterré. L'exhumer ne sert à rien. Depuis qu'elles sont enfermées dans leur grève, elle n'est devenue qu'une fonction à leurs yeux mauvais, traîtresse à sa race, et représentante des grands patrons ici sur cette terre, peau noire, masque blanc.

— Vous êtes dans la mauvaiseté, la rage, dans la colère, continue-t-elle, si on ne dit pas oui à tout ce que vous racontez, on ne peut même plus vous parler. Vous avez changé, c'est malheureux à voir.

— On te dit juste de dire la vérité, et tu viens mentir ici, dit Diva, je me souviens que tu venais à l'église avec nous, et puis d'un coup t'as arrêté, c'est toi qui as changé.

— Bien sûr que je me souviens de la Virginia d'avant, enchaîne Rita, celle qui aidait, qui écoutait, qui donnait même, j'ai encore les petites baskets de ton fils. Vers quoi ? 3, 4 ans, celles que Christian a portées, que même Loïc a portées derrière. Ça a dépanné, quand on en avait besoin, alors je dis merci du fond du cœur à cette Virginia-là. Mais est-ce que cette femme existe encore ? Si oui, si tu veux qu'on te croie quand tu dis que ce n'est pas toi qui as vendu Grande, tu dois venir avec nous.

Rita balaie l'assemblée de femmes du regard, et ajoute : « Là, on te croira toutes, n'est-ce pas ? » La pluie fouette le sol avec encore plus de méchanceté. Les gréveuses se regardent du coin de l'œil. Rita repose sa question. Et des pourquoi pas oui ouais OK timides échappent des bouches.

— Tu fais grève dès demain avec nous alors ? relance Rita sous l'encouragement ironique des femmes.

Virginia regarde la foudre disparaître-apparaître dans le ciel. Le bruit que ça fait, on dirait un rire diabolique, un rire qui la nargue, pourtant ça se passe dans le ciel tout près du Seigneur. Ses yeux sont encore luisants, mélange de pleurs et de pluie. Le mascara a coulé, et tatoué deux longues larmes noires zigzagantes sur ses joues claires. Elle parle, mais sa voix est étouffée, enfermée en elle-même, ça la fait tousser méchamment. Elles veulent blesser sa fierté. Elles ont réussi. Ce qu'elles demandent en fait, c'est de les suivre parce que négresse. Et renoncer à sa puissance de choix, à sa singularité, à son intérêt personnel qui est ailleurs. Est-ce qu'elle irait faire grève ? Elle a peu à y gagner. Une dignité bon marché, illusoire, à brandir de temps en temps. Nenni. En tant que gouvernante, l'équivalent de leur grève, le progrès, chercher le mieux, ce serait passer gouvernante générale, c'est ça même. En attendant, il faut espérer la prime trimestrielle, toujours à venir, et supporter les yeux et les bouches qui disent « Espèce de vendue ». L'orage redouble d'intensité. Tant pis.

Virginia replace son sac comme une planche parapluie. Elle s'élance, piétine un peu pour tester son adhérence au sol, et accélère.

29.

Elle s'arrête en face de l'Inside. Ce matin, la vision est floue. De l'autre côté de la place, le camion livrant le linge de lit lui cache une partie du piquet de grève. Elle n'entend pas non plus leurs parlottes rituelles, ni les tintements d'inox des casseroles se percutant les unes les autres, rien. Puis la camionnette blanche siglée Elis démarre brutalement. Elle voit enfin ce qui se passe devant l'hôtel. C'est désert. Les portes coulissantes de l'Inside s'ouvrent, se referment, l'accueillent, telles des lèvres articulant dans une langue de grincements : « Monte, c'est l'heure d'embaucher… » Rita est seule au pied du géant bâtiment. Huit heures, annonce l'écran de son téléphone. Les gréveuses vont bientôt arriver. Elles sont en retard. D'habitude, elles sont déjà toutes là à cette heure-ci. Neuf heures. Des oiseaux noirs planent au-dessus d'elle. Ils tournoient encore un peu, avant d'atterrir. Oiseaux de mauvais augure. Gros corbeaux, aux becs d'un noir luisant, aux reflets gris, bien bien menaçants, et cherchant à picorer. Ils sautillent, se rapprochent de Rita qui recule vers les portes de l'Inside. Il fait encore plus chaud. D'une chaleur sans subtilité, bête et sèche, de ville sans océan à proximité. Les corbeaux sont rejoints par leurs frères. Des centaines d'oiseaux noirs fondent doucement sur Rita. La sensation d'un objet pointu martelant son pied. C'est le bec d'un corbeau qui s'enfonce en elle. Rita crie, fuit, boite jusque dans l'Inside. Où elle est bousculée dès le hall. Des clients portant des visages d'ombres, sans traits, en sortent. Les faces vides, sans yeux, sans bouches, sans nez, s'agglutinent devant les portes. Elle ne peut plus sortir, à peine voir à travers les vitres sales de l'entrée. La nuit retombe lourdement. Des plumes noires, acérées, volettent, dansent dans le vent. Leurs formes tapissent le ciel d'inquiétude. Le téléphone dit dix heures. Sa main affolée essaie de les appeler. Diva. Mariama. Rien. Et si elles aussi avaient renoncé, et étaient remontées dans les étages faire leurs chambres. Au fond de cet escalier, c'est sombre. À mesure qu'elle s'enfonce dans l'Inside le lieu s'assombrit encore. Rita s'arrête devant les marches menant là-haut. Les molaires écrasent de toute leur force les molaires. Elle est rattrapée par la douleur. Les va-et-vient incessants du corps à la tête. C'est la peau, le sang, le muscle, l'os, le cartilage, qui sont croqués, mâchés, avalés, recrachés tous en même temps. Des heures à endurer la douleur, et à visualiser la machinerie charnelle. Elle regarde en bas : du sang. Du sang épais et noir coule de son pied. L'empreinte du bec aux reflets gris est sur elle. Rita est prise en tenaille entre la bouche et le ventre de l'Inside. Elle pose un pied, et traîne l'autre dans l'escalier. Après un long moment à l'escalader, elle est dans sa chambre.

Rita se réveille, et prend d'une main tremblante le verre d'eau posé sur sa table de chevet. Il est vide. Elle tend le bras vers son téléphone enfoncé dans l'oreiller à côté d'elle. 2 h 17. Encore ce cauchemar répété chaque soir depuis qu'Aminata est remontée à l'Inside.

La peur de rester seule. Être avec elles provoque une sensation de sûreté, de légèreté, la peur est diluée, les idées s'emmaillotent les unes dans les autres, pour la grève, la famille, les repas. Naît une ivresse de ces moments passés ensemble, où le mouvement se déploie. La descente est à la hauteur de cette griserie. Rita y ère dès qu'elle quitte le piquet. De cette chaleur à la solitude dans la rue, dans sa cuisine, dans son lit. Sous son corps, les draps sont trempés.

Rita sort du lit, et va se servir un verre d'eau à la cuisine. Elle s'éponge le visage, avant d'aller dans la chambre des fils. C'est calme. Sur le lit du haut, le visage de Loïc est paisible. Des joues qu'on veut pincer, un filet de salive s'est échappé, comme le tampon de l'innocence. Rita l'efface en passant doucement son pouce dessus. En bas, elle bondit presque quand elle voit ce blanc, le blanc des yeux écarquillés de Christian qui illuminent l'obscurité. Elle n'a pas le temps de parler. Le fils dit : « Maman, ça va aller. »

30.

Le micro est tendu de main en main, façon relais dans une course d'athlé, sauf qu'ici, la plupart des mains sont blanches. Le souffle du parleur précédent pousse fort les mots du suivant. Les discours s'enchaînent en martelant les dérives du capitalisme qui se manifestent ici, voyez, sous nos yeux, dans le concret de ces femmes qui ne peuvent pas travailler dans des conditions dignes, et là, où elles ne peuvent pas élever leurs enfants dans des conditions dignes. Les parleurs les plus affûtés parlent de luttes répercutées. Elles luttent contre le patron. Leurs enfants luttent contre leur pauvreté. Devant l'Inside, ce sont des syndicalistes, des responsables associatifs, des artistes, et même des politiques qui se passent le micro. On a peut-être déjà vu certaines de ces ganaches à la tévé. Ils sont venus prêter main-forte au mouvement, disent-ils, le poing levé.

Entre les passages de micro, Amado ne peut s'empêcher un bon mot. « Les grands patrons (des bouhouuuuuus, on entend) veulent vous désintégrer de leurs entreprises. Leurs frères hommes politiques (des sifflets, on entend), eux, veulent que vous vous intégriez plus dans ce pays. Et les femmes politiques de droite veulent maintenant venir nettoyer vos quartiers au Kärcher, comme si elles avaient déjà tenu un balai (des rires, on entend). Ils ont peur de rien, hein ! »

Des clochards habitués du piquet de grève déambulent aussi parmi cette foule. Trois camions de police encerclent la place. Des flics habillés en Robocop quadrillent la centaine de personnes. Leurs visages luisent de sueur sous la lourdeur combinée de leur équipement et de cette fin de journée.

Les gréveuses servent un mafé poulet. La queue pour manger continue de s'allonger. Quand elle pose la louche de riz dans son assiette, Rita s'aperçoit qu'elle a déjà servi ce gars, mais elle n'a pas la tête à l'arrêter. Il est rabroué par Diva qui refuse de verser l'épaisse sauce arachide, bien sucrée. « C'est un plat par personne, faut penser aux autres », elle dit avec des yeux persuasifs. Le type baisse la tête et rend son assiette en plastique. Rita n'entend pas. Le stress dans son ventre répand la fébrilité dans tous ses membres. Elle irait bien aux toilettes. Elle est enfermée dans son brouhaha intérieur depuis qu'Amado lui a glissé l'air de rien tout à l'heure : « Tu diras un mot au micro en guise de conclusion. »

Sous l'effet de la digestion du mafé qui gonfle les ventres, des bières qui passent de main en main et font glousser pour rien, peut-être qu'il aura oublié. Parler comme ça, raconter ses problèmes, ses envies, sa vie devant tant de monde, ce serait la première fois, c'est pas son domaine, elle n'est pas préparée à blablater devant ces gens. Ça lui a même ôté l'envie de se régaler de ce mafé bien fumant.

Amado aussi semble stressé. Il zieute de tous les côtés, comme s'il cherchait quelqu'un. Peut-être qu'attendre cette journaliste, censée venir pour écrire un article sur la lutte, le rend nerveux.

Au micro, les relayeurs se sont tus. La musique choisie par Diva résonne dans les baffles. *Mokili Eko Baluka*, de The Hi-Fives. De la douce rumba qui entraîne les gosses des gréveuses à montrer leurs dents, et improviser des mouvements de bras, de pieds frappant l'air. Une dizaine gigote sur le dancefloor improvisé, dont Loïc qui, tel un pantin désarticulé, fait rentrer, sortir, rentrer, sortir ses genoux. La vision arrache un sourire à Rita, qui oublie pour un temps son discours à venir. Christian aussi est là, mais semble perdu. Ses gestes sont gauches, repliés sur eux-mêmes, les épaules voûtées, le cou rentré, il aimerait raccourcir sa longue silhouette. Pour avoir l'air un peu occupé, il porte son gobelet à sa bouche. Puis, il regarde enfants et adultes s'amuser d'un air envieux. Le fils est plus à l'aise au quartier.

L'orange s'instille subrepticement dans le ciel. On arrête de servir à manger. Diva, Mariama suivent les pas de leurs petits sur le dancefloor. Amado cherche la représentante des gréveuses dans la foule massée devant l'Inside. Rita sait que son moment va arriver. La musique s'arrête. De gros yeux sont braqués sur la main tremblante humidifiant le micro. Elle a dû mal à le caler à bonne distance de ses lèvres.

Derrière ces silhouettes, Rita cherche Christian du regard, elle ne le voit plus. Des bouches font la moue, des mains sont frottées, des yeux sont plissés, concentrés, à la scruter. Ils attendent son discours. Derrière, au fond, les mentons des gréveuses font des oui oui oui, comme si elles étaient déjà d'accord avec ce qu'elle va bientôt dire. Les yeux de Rita travaillent encore. Où qu'ils se posent, Christian est absent.

Puis Rita regarde ce micro tremblant dans sa main. À bien y regarder, il a les contours d'une clef. Une clef pour sortir du quartier. Raconter ce qu'elle voit tous les jours. En écoutant le silence terrifiant de la foule attendant son discours, c'est ce qu'elle ressent. Avec son micro-clef, elle dirait la violence douce, insinuée, au long cours, plutôt que celle événementielle parfois contée à la tévé. On sort du quartier pour un fils, un frère tué. Pour un père tombé dans une cage d'ascenseur vide. Contre une agression raciste. Pour la Palestine. Puis, c'est bon, on vous a entendu, vu, faut rentrer. Rita dirait que faire exploser la Cité Rouge n'arrêtera pas le trafic de drogue dans son quartier. Que ce bus qui n'arrive jamais, c'est pas bon. Que le harcèlement policier lui fait peur. Que leurs écoles comptent beaucoup d'invisibles professeurs. Pour l'instant son micro-clef est encore petit, fragile, comme une clef de cadenas acheté au bazar, à ne pas casser. À son côté, Amado reconnaît ce visage terrorisé, alors il souffle : « Concentre-toi sur la grève, ça va passer tout seul… »

« Ce n'est pas une joie pour nous d'être là ce soir, c'est la tristesse, c'est l'humiliation. On danse, on chante, on rit pour essayer d'oublier tout ça. Merci d'être venus tout le monde. Merci à nos enfants d'être venus, même si vous êtes fatigués d'être ici les enfants, fatigués de cette chaleur, fatigués de pas être en vacances. Tout ce qu'on veut c'est travailler dans le calme, être mieux payées pour vous nourrir, vous faire grandir dans de meilleures conditions. Je sais que vous tous ici, êtes des gens importants, avec votre importance, là, je vous demande s'il vous plaît de faire passer le message à Myriad. Enfin, aussi, on aimerait remercier celui qui nous vient en aide depuis le début, qui a organisé ce grand rassemblement. Grand merci Amado. »

Le syndicaliste repousse ces remerciements d'un regard gêné, et de revers de mains caressant l'air. En face, la foule applaudit avec force. Certains serrent leurs gobelets entre leurs dents pour pouvoir se taper dans les paumes.

Rita se sent légère comme après avoir vomi. Elle cherche encore Christian des yeux. Il n'est toujours pas là. La musique reprend. Les enfants et leurs mamans se remettent à danser. Des hanches zigzagantes à gauche à droite, à l'ombre d'un ciel qui s'assombrit. D'un coup, la musique s'arrête sèchement. Un *Joyeux Anniversaire* est entonné par la foule tapant des mains. Amado allume deux bougies en forme de 5 et de 0 avant de les enfoncer dans un gâteau crémeux et vanillé. Il gueule pour ameuter les gréveuses. *¡ Cumpleaños feliz lucha !..*, continue de bourdonner. Les gréveuses soufflent les bougies de leur cinquantième jour de lutte sous une nouvelle salve d'applaudissements.

Rita, elle, cherche toujours Christian. Alors qu'elle fend la foule à la recherche de son fils, une main enserre brutalement son poignet. Rita se retourne, et voit apparaître une femme au regard bizarre.

31.

Rita est troublée par cette vision. Elle sait qu'elle a déjà vu cette femme quelque part, mais ne se souvient plus ni où ni quand. La main l'arrache à la foule échauffée, Rita suit l'obèse silhouette de la femme avant de tenter de s'arrêter.

— Qu'est-ce que vous voulez ? J'ai pas le temps, madame, je cherche mon fils.

La femme renforce sa prise, et continue d'entraîner Rita dans son sillage, ses fortes cuisses sont en combat l'une contre l'autre, l'étreinte de sa main rêche, de travailleuse, est solide. Une fois bien à l'écart du groupe, la forte dame dit : « J'ai à te parler ma sœur. » Elle est grosse, vraiment grosse, même de ses joues tombent des bourrelets. La femme-là raconte sans flaflas. Elle est syndicaliste, commence-t-elle, avant d'enchaîner sur Amado.

— Je suis venue ici te dire que votre Amado ne fait pas les choses comme il faut. Il ne vous a pas tout dit sur comment fonctionne son syndicat.

Rita écoute la moitié de ce qu'elle dit. L'autre moitié est aimantée par ce visage où quelque chose paraît bizarre.

— Comment ça, pas les choses comme il faut ? demande Rita.

— C'est long à expliquer, tata, mais je sais comment il travaille, et avant de continuer votre lutte avec lui, je veux que vous sachiez tout vous aussi.

— Si on arrête avec lui, comment on va aller au bout de la grève ? On n'a pas avancé jusqu'ici pour rien.

— Vous pourrez rejoindre mon syndicat si vous ne voulez pas continuer avec lui, mais je ne suis pas là pour prendre sa place, vous êtes des sœurs, je veux simplement vous expliquer comment ça s'est vraiment passé avec lui. Après vous pourrez vraiment décider.

— Et comment tu sais comment ça s'est *vraiment* passé, toi ?

— C'est pas la première fois qu'il fait ce qu'il a fait. Bon tata, il se fait tard, je suis pressée, si tu veux savoir plus, viens ici cette semaine, elle dit en tendant une carte toute froissée avec un nom et une adresse inscrits dessus.

C'est Rita maintenant qui la retient par la manche, elle cherche encore à reconnaître ce visage. La dame s'échappe de l'étreinte. « À plus tard, tata », elle dit d'une voix saliveuse avant de s'éloigner. Rita regarde la carte, dessus c'est marqué « Flona ». Maintenant qu'elle est partie, elle pense aux questions qu'elle aurait aimé lui poser. À commencer par : Vous êtes vraiment syndicaliste ? Ça la fait sourire qu'une femme comme elle puisse mener une grève jusqu'au bout. Elle doute en y pensant, même brièvement. Les syndicalistes qu'elle a croisés jusqu'ici ne lui ressemblent pas.

Elle glisse la carte froissée dans son sac à main, et essaie d'oublier ce visage qui ne lui revient pas.

Elle tourne sa tête dans tous les sens. Christian est toujours nulle part. Ni près du dancefloor inventé, où s'amusent les enfants, ni près de la table portant sodas et friandises. Un autre frisson d'inquiétude assaille son ventre. Elle passe devant les policiers toujours postés autour de la place. Elle est attirée par une rue adjacente, où tous les commerces ont rideau baissé. Elle piétine dans le sombre, encore troublée par cette femme tout juste rencontrée. Elle entend un son qui la fait sursauter. Le bruit du débit d'un liquide continu, long, et régulier. Un type pisse sans vergogne contre un bac à ordures. Même pas envie de cacher son machin. Tête baissée, elle accélère le pas en le croisant. Au bout de la voie, de la lumière. Un troquet presque vide à la façade rouge. À travers la vitre, on peut voir un grand écran, prétexte pour attirer le chaland. Un match de football est diffusé dans la tévé. Des bonhommes rouge et blanc versus des bleus. Elle souffle, et le reconnaît, les yeux aimantés par l'écran, un verre d'eau sur sa table.

— C'est Monaco qui joue ? elle demande en s'assoyant aux côtés de son fils.

— Genre tu connais les équipes de foot toi ? il demande faussement surpris.

Le football est important pour lui, alors par ricochet, ça l'est devenu pour elle. Le ballon roule depuis plus d'un siècle pour que pères et fils aient des choses à se dire, des cadeaux à se faire. Elle prend aussi ce rôle. Alors, ces équipes, ces grandes compétitions, ces noms de joueurs qui convoquent rires, cris et pleurs se sont plus ou moins naturellement insinués en elle.

— C'est la coupe d'Europe ? demande la mère.

— Ouais, les barrages de Champions League.

— Tu soutiens quelle équipe ?

— Tu me surveilles ou quoi ?

— Non, je te cherchais, on sert le gâteau là, il doit déjà plus rester grand-chose.

— Pas grave, dit-il en portant son verre à ses lèvres.

— Ton père.

— Quoi lui ?

— Non, rien, retournons à la fête, ça va bientôt finir.

— Je finis le match avant, et je vous rejoins.

— Retournons-y tous les deux, mon chéri.

— T'abuses, je suis plus un petit, tu sais. Vas-y, je te rejoins quand c'est fini, je vais pas me perdre.

Rita n'écoute plus. Elle repense au visage de la femme de tout à l'heure. Flona. Oui, bien sûr qu'elle l'a déjà vu ce visage. Quand elle n'était qu'une briseuse de grève. C'est la femme à l'œil tordu qui menait cette lutte dans cet hôtel porte d'Orléans. Ses gestes, sa présence, sa manière, son regard. Sûr, c'est elle. Son visage n'a pas l'air d'avoir beaucoup changé en près de vingt ans. Même si elle ne se souvenait pas de l'avoir vue si grosse à l'époque. Rita revoit cet œil tordu, et se demande s'il l'a reconnue.

32.

Quand le chariot tracté par la mobylette danse sur une roue, Aya écarte les bras pour tenter de garder l'équilibre. Le frêle véhicule crochète, se faufile, avance, et derrière, Aya profite de ses longues mèches pour mieux sentir ce vent. Sous l'effet de la vitesse, ses grosses vanilles rebondissent sur sa tête. C'est maman qui la coiffe comme ça. Le brillant cheveu de la fillette est tiré, massé, hydraté, manipulé, aimé. Un cheveu comme le vestige d'un geste d'amour. Les mèches s'emmêlent, patiemment, l'une vrille au-dessus de sa voisine. Geste d'aimée répété, et quand maman emmêle trop fort, elle chatouille ce crâne ou le baise doucement pour se faire pardonner. Mais la tendresse et l'autorité se promènent sur un fil. Et quand Aya gémit, pleure, maman s'énerve, et dit « Aya » d'une bouche sèche, pointue, coupante, et dans l'instant la fillette se tait.

Quand Rita entend « Aya », c'est le grincement d'une porte qui s'ouvre, et des pieds nus qui piétinent, collent et décollent du sol, maman qui entre dans cette pièce, se rapproche d'elle. Ici, elle s'appelle Aya, forme raccourcie d'Ayaovi, nom donné à la petite fille sortie du ventre un jeudi. Le temps passe mais Aya n'oublie pas. Ses fils aussi auront droit à leur vieux nom. Ils seront en deuxième position sur leurs papiers d'identité, ceux d'un lointain pays. Le premier s'appellera Kossi, parce qu'il viendra un dimanche. Le second, Koffi, parce qu'il viendra un vendredi. « Attention Aya » répète la mère en guidant la mobylette rugissant dans le sable.

Le véhicule accélère encore, trace des ornières sous les fesses d'Aya. Ses roues rebondissent sur la terre rouge. La petite fille tente de maîtriser cette mangue, d'y mettre un croc de plus. Son jus comme le vent chaud courent sur ses joues. Elle croque, mâche, avale, étire sa langue autour de sa bouche pour avoir encore plus de jus. Devant, maman maîtrise la mobylette, dépasse voitures, vélos, motos et attelages de vaches.

Aya se débarrasse de la mangue, et lutte pour ne pas se prendre la ferraille dans la face. Dans sa petite roulotte, l'équilibre est précaire. D'en bas, elle regarde ces voitures venues d'un lointain pays, et s'imagine déjà au volant de la sienne. Volant invisible qu'elle manie à une main. Elles passent près de l'eau claire de la lagune. Des torses de jeunes hommes en dépassent. Devant, maman a le réflexe de regarder au-dessus de son épaule toutes les deux secondes. Aya sent palpiter sur sa peau sa robe rouge à gros pois blancs. Sur les côtés, ses petites épaulettes s'agitent, impuissantes comme des ailes coupées. Son tissu fatigué lui chatouille le ventre, et gonfle, se dégonfle, en absorbant, recrachant les soubresauts du vent.

Le long de la plage aux palmiers courbés, la fillette conduit les mains croisées derrière sa tête. Ses cheveux volettent encore au gré du vent comme ceux de maman. Un peu plus loin, la mobylette s'arrête enfin. De son pagne, maman tire un tissu. Ses longs doigts forment des *mudrā* au-dessus de sa tête. Elle noue son tissu orange, rouge, vert comme elle seule sait faire. Aya escalade le bord de sa petite voiture pour sortir. Elle fait attention à sa belle robe. Les mains de maman l'aident. Puis elle part faire son business.

Aya, le nez pointé en avant, s'approche d'un brasero, trop haut, elle ne voit pas ce qui noircit dessus, mais ça sent bon comme le poisson. Elle regarde cette vieille dame qui prépare. Le corps maigre, vêtu d'un T-shirt et d'un pagne. La maigreur la rend encore plus vieille. Ses joues, son front, sont sillonnés de rides, mille bouches trop fines tapissent ce visage illuminé par des yeux gris. Un poil en spirale comme une queue de cochon fuit de son menton. Aya sourit, et lui tend ses mains jointes. La dame de sa vraie bouche demande :

— T'as faim ?

— Non ! elle répond en remuant ses joues.

— Qu'est-ce tu veux alors ?

— Sent trop bon.

— T'as de l'argent.

— Oui ! crie Aya, elle se palpe mais ne trouve rien.

— C'est bon ma fille.

La vieille prend une feuille de bananier, y met un petit morceau de poisson, plonge la main dans une bassine d'eau, d'où elle tire une boulette de maïs fermenté, agile, elle jongle avec de la main droite, en même temps qu'elle en coupe un bout. Elle met ce morceau sur la feuille, et avec sa main gauche, se saisit d'une cuillère qu'elle plonge dans une casserole dont elle avait légèrement poussé le couvercle. Elle en tire une larme de sauce tomate qu'elle verse sur la feuille de bananier, entre boulette et poisson.

— La prochaine fois, tu me paieras, sourit la vieille.

— Oui, un jour j'irai à *Yovodé*, et j'aurai plein d'argent, glousse Aya.

La vendeuse tend le *kom*, secoue la tête, et demande d'une voix autoritaire :

— Pourquoi tu veux aller là-bas ?

Aya fixe le vieux visage, devine des traits de colère derrière les sillons. Et entend encore cette langue chantée à l'église ou dans laquelle on négocie au marché, qu'elle ne lit pas encore, et qu'elle apprend dans cette école où on l'appelle Rita. Langue cachée, langue tenue, langue bizarre où il ne faut presque pas ouvrir la bouche pour parler. Elle pense aussi aux cheveux des femmes de là-bas. Ils sont beaux et soyeux comme ceux de Jésus. Et elle revoit encore ces choses rapportées de *Yovodé* : ces voitures, ces mobylettes, et cette belle robe à motifs qu'elle porte. Quand Aya l'a vue au milieu d'autres sur un étal du grand marché, elle pensait sortir ses larmes les plus grises pour que maman lui achète, mais non, elle n'en a pas eu besoin. Porter cette robe élimée par les lessives électriques, c'est déjà aller un peu là-bas, alors maman lui a achetée. Maman répète souvent à Aya que demain, elle ira vendre des tissus à *Yovodé*, à ceux qui, comme elle, y seront partis, c'est beaucoup d'argent à venir, et avec tout ça Aya pourra payer plein plein de *kom* à la vieille aux milles bouches et à la queue de cochon dépassant du menton.

— Je sais pas, c'est quelqu'un qui m'a dit, répond Aya.

— Tu iras là où tu dois aller, ma fille.

La fillette retrouve sa gaieté en mâchonnant poisson maïs sauce tomate. Après avoir bien mangé, elle va voir sa mère qui choisit des tissus dans une boutique. Maman est vendeuse de vêtements en wax et kenté. Elle arrive à deviner l'ampleur d'une étoffe alors qu'elle n'est qu'un morceau de couleurs empilé entre deux autres. D'abord, elle la touche pour être sûre. Quand elle sait, elle l'arrache de la pile. Plus le tissu intéressant est proche du sol, plus c'est dur de l'arracher. Mais elle est trop forte, et y arrive à chaque fois. Après, pour choisir, elle va au seuil de la porte, la déplie, et apprécie mieux l'étoffe chamarrée bouillonnant aux rayons du soleil. Maman n'a pas encore trouvé, elle dit d'aller jouer.

Aya suit le bruit. Qui la mène dans un couloir éclairé une seconde sur deux par un phare de voiture relié à une batterie, puis dans une cour. Où des hommes en cercle s'agitent. Aya lutte, joue de ses petits coudes, rien n'y fait, elle ne voit pas ce qui se passe. Elle se met sur la pointe des pieds, tourne autour du cercle, et enfin s'agenouille. Elle aperçoit des choses en mouvement, au centre, cachées derrière les jambes des messieurs. Deux petits chiens blancs aux pelages légèrement coloriés par la terre ocre se font face. Ces deux chiens semblent des jumeaux. Ils aboient à tour de rôle, et se rentrent dedans gentiment. Soudain des « Tue-le ! Tue-le ! Tue-le ! » sont postillonnés par les hommes qui regardent. Des gouttes de *sodabi* pleuvent sur les vanilles de la petite fille. Au son de ces paroles, Aya sent le dégoût monter en elle. Les deux chiens sont imperméables à l'excitation des hommes. Ils se contentent d'amuser la galerie pendant un moment. L'un des deux sait bien faire. Il exhibe dangereusement ses canines en grognant face à la gueule de l'autre. Le cercle se resserre. Et les cris des hommes sont encore plus sonores. Ça bouge.

Aya pousse les jambes des grands messieurs, pour mieux voir ce qui se passe. Un des chiens est en train de soumettre l'autre. C'est celui qui a montré les dents qui attaque. L'autre se fait salement dévorer. Porte maintenant une écharpe de sang autour du cou, il tente de fuir, mais la prison de jambes lui bloque la route. Le dévoreur paraît bien plus grand, et retourne harceler le cou rouge avec ses dents. Le canidé gémit, mais garde une sorte de dignité. Et le grand chien bien détendu sur ses pattes fait des allers-retours entre les pieds des hommes et le cou de sa victime. Le dévoré titube sur son propre sang. Son pelage éponge en partie le liquide répandu. Ses pattes s'affaissent, cernées par le rouge et la terre. Le grand chien plante ses crocs et recule brusquement comme si son instinct lui avait soufflé que l'autre peut encore contre-attaquer. Aya regarde le chien qui s'écroule en se demandant comment un combat entre deux chiens identiques, jumeaux presque, a tourné en faveur de l'un plutôt que l'autre. Le grand chien, du rouge tout autour de la gueule, se la lèche en dilatant ses narines. L'autre rend ses derniers gémissements. Certains des hommes autour sont joyeux, d'autres, plus nombreux, affichent des mines défaites. Bien plus encore que celle, magnifique, du chien en train de perdre la vie. Lorsqu'il s'écroule enfin, le cercle éclate. Aya, les joues brûlantes, court vers le chien. Son râle d'agonie l'effraie de moins en moins. Les larmes d'Aya s'écrasent sur son museau. Elle le berce avant son très long sommeil. Il lui offre un dernier regard lucide. « Aya » crie une voix appelant du dehors. La petite fille ferme les yeux et serre fort l'animal contre son cœur.

Aya libère le chien mort. Une tâche écarlate grandit sur sa robe. Quand elle voit un pois blanc, puis deux remplis de ce rouge, les appels de maman se rapprochent, et deviennent de plus en plus menaçants. « Aya » est crié, répété, d'une voix de colère. Maman ne va pas être gentille. C'est aussi sa façon d'aimer, de protéger. Aya le sait déjà, Rita le transmettra à sa manière. « Aya ». La fillette pose sa main tremblante sur le sang brûlant. « À *Yovodé*, j'aurai un chien. »

33.

***Le Monde* livré en kiosques un soir d'août :**

« À l'Inside, des femmes de chambre désintégrées

Le groupe Myriad, propriétaire de la chaîne hôtelière Inside, voit les femmes de chambre de l'un de ses établissements se plaindre de conditions de travail exécrables. Seize de ces femmes sont en grève depuis près de deux mois. Ces employées réclament l'intégration au sein du groupe.

Des bruits de casseroles, de tambourins et de musique crachée par des baffles résonnent tous les jours devant un hôtel parisien. « *L'esclavage ? C'est fini !* », « *La maltraitance ? C'est fini !* » sont les paroles accompagnant les instruments. Elles dénoncent l'attitude du groupe Myriad. Ces sons résonnent depuis près de deux mois sur le piquet de grève tenu par les femmes de chambre de la chaîne hôtelière Inside. Leur objectif ? Se faire entendre par Myriad. Pour l'instant le groupe hôtelier français demeure sourd face aux bruits, et muet quant aux revendications lancées par ces travailleuses. Ces seize femmes de chambre sont employées par Ménage à la française. L'entreprise sous-traitante chargée du nettoyage dans cet hôtel trois étoiles de plus de 600 chambres.

L'externalisation de l'activité de nettoyage serait la cause principale des mauvaises conditions de travail de ces femmes. Payées à la chambre, privées de pause, leurs heures supplémentaires ne sont pas payées. La plupart n'ont même pas le temps de déjeuner pendant leur service. Ces femmes, toutes syndiquées depuis peu, racontent pour beaucoup d'entre elles souffrir de troubles musculo-squelettiques. « *Nettoyer des chambres est un travail très physique, qui demande de multiplier les positions difficiles. Aujourd'hui, j'ai des douleurs quotidiennes au dos, et aux genoux. Face à cette violence, on a décidé de se mettre en grève* », dénonce Rita, représentante syndicale, et femme de chambre depuis plus de quinze ans dans cet hôtel. L'employée dit y avoir vu les entreprises de nettoyage défiler, et les conditions de travail à chaque fois empirer. Le travail à la tâche accélère les cadences de travail, et crée un sentiment d'instabilité dans la vie de ces femmes. « *Lorsqu'on essuie moins de chambres, on est automatiquement menacées d'être licenciées ou mutées dans des hôtels loin de chez nous* », confie Diva, également femme de chambre à l'Inside. Cette dernière affirme avoir dix-sept minutes pour nettoyer une chambre. Un rythme particulièrement difficile à tenir en fonction de l'état de la chambre à briquer. Diva en astique parfois près d'une quarantaine par jour. Ce qui lui laisse à peine le temps de s'occuper de son fils tout juste âgé d'un an. Le paiement à la tâche incite ces travailleuses à nettoyer toujours davantage de chambres pour espérer recevoir un salaire correct. Et bien souvent, ces efforts ne paient pas.

Mariama passe ses fins de mois à croiser les doigts. Elle explique que son salaire peut « *varier d'un mois à l'autre de 600 à 800 euros* » pour un nombre d'heures travaillées équivalent. Sur le piquet de grève, les autres femmes de chambre affirment souffrir des mêmes maux. Les grévistes embauchées pour la majorité à temps partiel aimeraient passer à temps complet, et être intégrées aux effectifs de l'hôtel à l'instar des employés des services hébergement et restauration. Amado, défenseur syndical impliqué dans cette lutte aux côtés des grévistes, exige que le groupe Myriad assume sa position de donneur d'ordres. « *Il faut internaliser ces femmes de chambre au sein du groupe. Ce qui permettrait d'augmenter les salaires au SMIC, de réduire les cadences, et d'instaurer de la tranquillité chez les employées. Myriad réalise chaque année des chiffres d'affaires records de plusieurs milliards d'euros, mais n'a pas les moyens d'internaliser des femmes qui s'occupent du cœur de son activité. À savoir assurer l'hébergement optimal de ses clients dans ses chambres. C'est cette désintégration des employées qui est la cause de toute cette souffrance au travail* », regrette-t-il.

Les employeurs de ces femmes ont une autre vision des choses. La sous-traitance étant pour eux un outil indispensable afin d'atteindre l'efficacité économique visée par leur entreprise. « *L'externalisation est un fonctionnement qui se retrouve dans tous les grands groupes hôteliers,* explique le service communication de Myriad. *Ce fonctionnement permet de réduire les frais fixes lorsque les taux d'occupation sont volatils. Néanmoins nous sommes conscients de la pénibilité de ce métier. Ainsi nos prestataires doivent respecter un cahier des charges strict, notamment sur le respect de l'éthique et des droits sociaux. En ce qui concerne cet établissement, nous nous renseignons sur la situation auprès de notre prestataire.* » De son côté, Ménage à la française indique dans un mail de réponse adressé au *Monde* que « *les salariées de cet hôtel n'ont jamais eu aucun problème, et qu'elles sont instrumentalisées par un syndicaliste installé dans un combat idéologique personnel* ».

Depuis le début des années 2000, les conflits entre femmes de chambre et grands groupes hôteliers se multiplient en France. Dans ces luttes, « l'intégration » semble être à chaque fois un Rubicon infranchissable. Ces conflits répétés mettent l'accent sur l'impact négatif de l'externalisation sur les droits de certains travailleurs. Depuis plusieurs décennies, la sous-traitance est un processus en constante progression en France. Selon Maxime Jaume, coauteur de l'ouvrage *Travailleurs du futur*, cette tendance lourde s'affirmerait pour quatre raisons. « *D'abord c'est l'application des raisonnements économiques, dont la primauté naturelle va aux processus marchands. Ensuite c'est la force des groupes de pression qui poussent les décideurs à l'externalisation*, affirme le professeur d'économie à l'université de Lille. *Puis vient la croyance répétée à l'envi qu'externaliser fera économiser de l'argent à l'entreprise. Enfin, c'est la manière dont sont perçus les salariés du nettoyage, avec moins d'empathie, car ils font partie de groupes sociaux très éloignés de ceux qui prennent les décisions.* » En effet, toutes les femmes de chambre en grève sont originaires d'Afrique subsaharienne, et c'est loin d'être un hasard. Zoé Reclus, coautrice de l'ouvrage, et maîtresse de conférences en économie à l'université Panthéon-Sorbonne, explique : « *Ces entreprises sous-traitantes se spécialisent aussi dans leur capacité à aller chercher un salarié plus lointain d'un point de vue culturel et social, et qui acceptera de mauvaises conditions de travail. Ensuite ces gens exercent ces emplois difficiles, parfois pendant de longues années, presque toute une vie. Qu'est-ce qui en résulte ? Ces emplois dénués de sens interrogent tout le fonctionnement d'une société.* »

De retour sur le piquet de grève, le concert mêlant musique, instruments improvisés, et slogans résonne d'un air inquiet. L'absence de réaction du groupe hôtelier et de l'entreprise de sous-traitance a longtemps fait douter les femmes de chambre. Elles ne s'y attendaient plus, mais à la fin de cette journée, des cris de joie ont retenti devant l'hôtel. Les grévistes apprenaient que les dirigeants de Myriad et Ménage à la française avaient enfin accepté de les rencontrer. »

34.

Rita reste un long moment devant la porte. Les images repassent, sa peau frissonne sous l'euphorie d'un soulagement certain. La journée a été longue, différente, mais bonne. Elle sourit en devinant ce qui retient Loïc de lui avoir déjà ouvert la porte. Passe enfin le seuil, et les sons du faux match de football parviennent jusqu'à elle. « Où est ton grand frère ? » elle demande une fois dans leur chambre. Les yeux hypnotisés par son jeu vidéo, Loïc prend son temps avant de répondre :

— Comme d'hab, il est dehors avec ses voyous de copains. Il faut le fouetter pour qu'il comprenne.

Rita ne répond pas, encore happée par autre chose. Est-ce qu'elle ira rencontrer la dénommée Flona, alors que leur lutte touche au but ? Elle ère un peu dans l'appartement. Zieute les fenêtres. Salon. Cuisine. Chambre. Elle aperçoit un groupe de jeunes hommes. Du haut de son bâtiment, elle espère y voir Christian. Anticipe les grincements de l'ascenseur, les bruits de ses pas tapotant dans le couloir. Rien. Elle va se laver.

Dans la salle de bains, elle s'affronte dans le miroir. Aujourd'hui ses joues sont particulièrement fardées, unies et adoucies par le fond de teint, ses yeux en amande mieux dessinés par le crayon, deux grandes créoles scintillent à ses oreilles, elle baisse son menton, renifle, toujours très bon, senteur vanille et karité. Elle efface tout ça, à coups de coton démaquillant.

Enfin, elle enlève sa perruque, et regarde les croûtes sur ce crâne. Ses cheveux à elle ne poussent plus que par endroits. Résultats de deux décennies de défrisage. Elle a arrêté, mais le mal est fait. Là-bas au pays, elle portait le cheveu crépu. Elle a commencé à se les défriser ici, mais ne se souvient même plus pourquoi elle s'est scalpée avec cette crème chimique et blanche qui brûle le crâne et dont l'odeur n'annonçait rien de bon. Pour faire comme d'autres ? Ou alors ça, ça plaisait mieux aux garçons ? Peut-être que quelqu'un lui avait conseillé ? Elle doute. Si elle avait une fille aujourd'hui, elle promènerait ses mimines boudinées sur ses cratères crâniens, et laisserait ses cheveux laineux s'emmêler comme ils sont. Mais si la petite était venue hier, elle lui aurait aussi appliqué la crème blanche qui pue. Le tissage tient mal avec son peu de cheveux à elle. Rita avait pensé à se raser complètement le crâne, mais elle n'est pas encore prête à montrer ça. Les perruques c'est mieux, ça efface tout. Elle en change parfois, et des naïves demandent : « Euh, comment qu'ça s'fait qu'ça pousse si vite ? »

Dans la baignoire, elle se frotte doucement les mains, les coudes, les épaules avec son filet imbibé d'eau chaude.

Les genoux y passent, elle les masse, sent bien la mousse, le chaud, ferme les yeux, ça fait du bien à ses rotules qui ont payé leur presque demi-siècle de présence ici en suçant le sol. À essuyer. De la gorge, aux seins, au vagin, l'eau chaude glisse jusqu'à elles. Elle prend son temps sous l'eau, ce soir.

Une fois sa douche terminée, elle furète dans l'appartement pour constater que Christian n'est toujours pas rentré. Puis, elle va dans la cuisine. Met la friteuse en route, et coupe en lamelles les bananes plantains. Les cuisses de poulet attendent d'être réchauffées dans le micro-ondes. *Va fié !*, elle crie. Loïc arrive en courant.

— Arrête ton jeu. C'est bientôt prêt, on va manger, elle dit.

— Steuplé, laisse-moi faire un dernier match, supplie le petit.

En attendant, Rita met les informations. Elle regarde fébrilement défiler les publicités. Au bout d'un moment, Loïc vient s'asseoir à son côté. Maintenant, il pleure pour qu'elle lui passe son téléphone. Rita le lui donne, et lui dit de bien l'appeler quand le journal commence. La mère fait des allers-retours inquiets entre cuisine et salon pendant que Loïc glousse devant l'écran du smartphone. Elle retourne au salon. Et une vibration de chaleur traverse violemment son ventre lorsqu'elle voit surgir la chevelure grisonnante d'Amado dans la tévé.

Elle se cherche dans le cadre. Voit une moitié de son visage, un bout du piquet du drapeau qu'elle agite derrière le syndicaliste. Loïc l'a déjà repérée. Il se met debout sur le canapé, commence à sautiller, à bondir, à grogner :

« On a gagné ! On a gagné ! On a gagné ! » Rita lui dit de se calmer d'une voix fébrile. Elle cache sa joie, mais la fierté dans la voix du fils coule un peu sur elle. Loïc dit : « Maman, t'es belle. »

C'est un autre miroir la tévé. Rita s'est préparée avant d'y passer. Rita est belle. Rita s'est faite belle. La perruque aux reflets cuivrés illumine le peu de l'écran où elle apparaît. Elle s'était faite belle pour qu'on la voie, pour partager. Pour qu'on entende mieux son histoire. Ils entendraient le récit d'une douleur qui veut abîmer cette beauté, et auraient mal, eux aussi.

En attendant, c'est Amado qui parle. Filmé, il n'a plus besoin d'aucun support pour s'appuyer. Oh que non. Les muscles de son visage sont décontractés. Ses mains fermes, mais relâchées, accompagnent la parole. Malgré les cris de joie de Loïc, elle l'entend crucifier bien comme il faut Myriad et Ménage à la française. De sa voix granuleuse, il articule distinctement : « Deux mois d'attente c'est beaucoup trop long, ça fait deux mois qu'on attend une réponse de ces grands patrons. Ils ne peuvent plus se cacher. » Mais quand il parle des gréveuses comme « de pauvres femmes analphabètes », Rita repense à Flona.

« Ah bon, c'est déjà fini ? » Le reportage s'est limité à une voix off expliquant grossièrement la grève, à la prise de parole d'Amado, et à quelques images des gréveuses tapant en rythme sur des casseroles. Rita pensait qu'elle aurait droit à plus que sa tête en arrière-plan. Le journaliste de France 3 lui avait posé quelques questions, mais visiblement les réponses n'avaient pas répondu à ses attentes. Tchip bruyant.

Elle va à la cuisine, s'occuper du plantain. Alors qu'elle sale les lamelles brunies des bananes, l'image de Flona lui apparaît à nouveau. C'est vrai, elle doute encore d'Amado, malgré le fait que les patrons se soient enfin résolus à bientôt les recevoir et à répondre à leurs revendications. Le plan du vieux syndicaliste a marché, mais ça n'a pas ôté les traces des doutes dans son esprit. Les deux mois d'attente dont il se plaint rendent plus spectaculaire sa lutte, ses plaintes sonnent fausses comme son poème balbutié l'autre jour. Elle doutait déjà, et Flona ne fait qu'appuyer ce doute. La parole d'Amado restitue mal celle des gréveuses et, d'après Flona, « il ne fait pas les choses comme il faut », il n'en faut pas plus à Rita. Elle a besoin de savoir. C'est décidé, elle ira voir Flona.

Alors que la mère porte leurs deux assiettes au salon, la porte de l'appartement s'ouvre furtivement. C'est Christian.

35.

Le long garçon, chaise pliante pliée sur l'épaule, passe devant le salon. Loïc sprinte vers lui et crie : « Maman est passée à la télé, c'est une star. » Des pas lourds et précipités suivent derrière le petit. Rita demande en durcissant sa voix :

— T'étais où ?

— C'est vrai ? Ça se passe la grève ? demande Christian.

— Change pas de sujet. T'étais où ?

— J'étais au calme en bas avec des amis.

— Je t'ai dit quoi ?

— J'sais pas.

— Loïc ? demande la maman.

— 19 heures, sourit malicieusement le petit.

— C'est bon j'vais pas rester en prison ici toute ma vie.

Loïc tourne autour des jambes de maman, dit : « Tu vois, il faut le fouetter pour qu'il retienne bien les heures. » Christian lui lance un regard menaçant et grommelle : « Toi, tu vas continuer à jouer à la console avec la manette cassée. » La maman reprend :

— Il faut rentrer Christian, je suis toute la journée dehors, c'est pour toi, c'est pour ton petit frère, tu sais que je suis pas bien quand tu es dehors jusqu'au soir, tu ne me dis même pas ce que tu fais.

— J'fais rien, juste on parle avec les amis, rien d'intéressant, mais c'est bon, promis je ferai attention, là j'ai pas vu le temps passer.

« A… A… Atchou… mythoooo ! », éternue Loïc, toujours réfugié derrière les jambes de maman. Christian mime un découpage aux ciseaux qui fait braire le petit. Maman continue d'éduquer :

— Je t'ai acheté le jeu que tu demandais, et tu n'y joues même pas.

— Ouais, c'est bon, j't'ai dit que je rentrerai à l'heure la prochaine fois. Mais aussi, t'as dit on irait chez tonton à Lyon, et on est encore là, à rien faire, on est restés toutes les vacances ici à s'ennuyer.

Sa colère s'éteint un peu. Le fils regrette Villeurbanne, et elle entend qu'elle est une moins bonne maman, se compare à ceux qui envoient leurs enfants en vacances, même certaines voisines y arrivent : colonie, la famille, des plans avec la mairie, elles rusent, et les gosses vont à la mer, au vert pour un temps. Elle n'a pas eu l'esprit de ruser cette fois. Christian dit ça peut-être pour se sauver d'avoir oublié son heure de rentrée, mais elle n'entend que le son de la complainte. Au moins, il le dit d'une voix douce, de gamin, rappelant presque celle d'avant sa mue.

— C'est le travail, la grève, Christian, je t'ai déjà dit ça. L'année prochaine vous irez.

— Pas grave, mais du coup j'essaie juste de m'occuper comme je peux ici.

— T'as faim ? Ça donne faim, hein, de rester assis toute la journée (elle secoue la chaise posée sur son épaule quand elle dit ça), j'ai fait le plantain.

Les yeux du grand garçon brillent à l'évocation de son plat préféré. Les bananes plantains, bien sucrées, qu'il trempe dans le ketchup pour une réunion de goûts disparates. Loïc pleure, dit c'est trop facile, répète fouetter fouetter fouetter. Mais voilà, Christian a pris vingt centimètres cette année. Elle s'imagine mal corriger comme elle faisait avant ce garçon qui la surpasse de deux bonnes têtes. Sans même parler de la force. C'est vrai, Dossier n'est plus petit garçon. Elle imagine la scène, il se laisserait battre bien sûr, mais faudrait qu'il joue une sacrée comédie pour qu'elle y croie.

Depuis sa poussée de croissance, Christian respecte moins les consignes de Rita. Peut-être a-t-il trop bien écouté l'historiette racontée il y a longtemps par maman, qu'elle-même avait entendue chantée des lèvres de la sienne. Se croit-il grand et fort comme Zumbi ? À l'époque où Christian ronflait encore sur son dos, Rita lui répétait, mange bien ci pour être fort et grand comme Zumbi, mange bien ça pour être grand et fort comme Zumbi. Elle aimait quand il se régalait du *gari* saupoudrant ses plats. Le *gari* maquillait une assiette de légumes peu ragoûtante et, enfin, il aimait ça. Maman racontait des histoires sur cette farine magique de manioc grillé entre chacune de ses bouchées.

Disait qu'au lointain Brésil, *gari* était devenu *farofa*, mets du repas national servi les mercredis et samedis. C'est une esclave partie de ce qui est aujourd'hui son pays qui avait popularisé la *farofa amarela*. C'est cette poudre dorée qui enveloppait les repas de son fils, devenu à force d'en manger trop grand et trop fort pour rester esclave. Vaillant Zumbi aux jarrets incoupables avait fui. Devenu irrattrapable pour les esclavagistes qui avaient soupçonné le secret de sa force : le *gari*.

La négresse avait été forcée d'en préparer à son maître. L'esclavagiste avait adoré, alors il avait ordonné de rajouter cette mousse croustillante dans tous les prochains mangers qu'elle cuisinerait. Il avait fait passer le mot à ses copains maîtres, et vite, d'abord dans le Nordeste, puis dans tout le reste du pays, les maîtres se fourraient de la nourriture de nègres dans le bec pour devenir plus forts, plus rapides que Zumbi, cet esclave qui donnait du sale espoir aux autres. Seulement le *gari* n'a jamais changé les maîtres.

Christian et Rita gloussaient d'une même vibration, d'un si petit pays, le leur, qui colonise l'assiette d'un grand-gros et lointain pays. Maman répétait, il faut manger *gari*, tu vas grandir comme Zumbi. Zumbi était intuable comme le vent, à mains nues il avait défait les Portugais au Nordeste, avant de plonger dans l'Atlantique et, toujours à la force de ses bras musclés, avait nagé et nagé jusqu'à son pays d'esclaves retournés. Mange *gari* mon fils, tu seras grand et fort comme Zumbi. Et quand Rita était fatiguée de cette histoire, que le silence régnait pendant le repas, c'est le petit qui la lui rappelait, écorchait le nom du héros, et criait : « Zimbiiiiiiiiiiiiiiiiiii ! »

Rita dépose les lamelles de banane brunies, brillantes et sucrées dans une assiette, et repense à la négresse sacrée au *gari*. Avec ses recettes, elle avait libéré son fils, mais l'avait aussi éloigné à jamais. Qu'était-elle devenue sans son fils, rendu à ce pays toujours près du cœur mais si lointain ? Ça, l'historiette ne le contait pas. Elle regarde Christian et regrette qu'il soit devenu si grand dans ce corps tout noir. Hélas, la vie n'est pas un conte. Fort, il ne l'est pas assez.

36.

Rita a les yeux aimantés par l'objet au milieu de la table. Un hexagone gélatineux de couleur marron, elle regarde à gauche, à droite, puis le retourne à l'aide de deux doigts tremblants. Elle plisse les yeux. Au milieu de l'hexagone mou, il y a un œil et ses attributs : pupille noire, blanc autour, cils en relief, sourcils en haut. C'est bien fait, on dirait un vrai. C'est cet œil qui la dévisageait. L'œil de Flona.

Elle s'est rendue à l'adresse inscrite sur le papier froissé, quelque part dans le 20e arrondissement de la capitale. Deux jeunes femmes bien mises, sourires faciles aux dents blanches, lui ont dit de patienter devant ce bureau. « Elle ne va pas tarder. »

Dans la pièce, Rita remarque d'autres objets inquiétants. Des statuettes : divinités du tonnerre ou de la Lune. Un petit homme de pierre à la tête protubérante, et brandissant une hache. Une femme en bois aux hanches larges, à la tête couronnée d'une Lune. Leurs images convoquent des souvenirs d'odeurs terreuses comme poussiéreuses. Pour les jeunes femmes qui l'ont accueillie ici, ce sont peut-être d'aimables décorations. Pour Rita ce sont de puissantes diableries. Superstitieuse comme elle est, elle se demande même si ce ne sont pas ces choses qui ont aidé Flona à arriver là où elle est.

Avant de venir, Rita s'est posé mille questions sur Flona. Qu'est-ce qu'elle a à lui dire sur Amado ? Est-ce que les gréveuses la suivraient auprès d'elle ? Est-ce que ce n'est pas en fait une envoyée des grands patrons pour tuer la grève ? Alors, elle s'est renseignée sur la dame.

Cette lutte dont Rita a été l'une des briseuses a duré une année. Sur Internet, elle a trouvé des photos. Flona mégaphone à la bouche. Flona distribuant des tracts. Flona entourée de femmes souriantes. Elle a même eu droit à plusieurs portraits dans la presse. Dans l'un d'entre eux, Rita a appris que Flona a un mari et quatre enfants. C'est pour eux, pour trouver un logement plus grand, qu'elle a commencé à travailler dans les hôtels. Au fil des années son corps a été frappé par la dureté de la chose, elle a rejoint un syndicat. Et elles ont démarré leur grève dans la foulée. Comment ces femmes croisées un an durant avaient pu lui paraître si invisibles ? se demande encore Rita. Elle les a effleurées, a parfois fendu leurs assemblées, et pourtant elle ne les a pas vues.

Dans un autre article, elle en a appris encore plus sur Flona. Les photos étaient plus intéressantes que les mots. Une en noir et blanc. Où on voyait ce même regard. Elle portait un pull à motifs. En dessous, Rita a reconnu un pagne en wax. Malgré le noir et blanc de la photo, elle y a vu un carnaval de formes et de couleurs : du vert, du bleu, du jaune orangé. Elle a lu dans un autre article que, lors d'une réunion avec les grands patrons, Flona a refusé de prendre leur bouteille – « J'ai mon eau », elle a cinglé –, les grands patrons ont opposé que c'était « impoli » de refuser ainsi. Rita regarde les statuettes et sourit. Elle entend sa mère au pays dire : « Aya, ne bois jamais chez les gens que tu ne connais pas. »

Flona a cru que sa longue grève s'était bien finie. Les femmes de chambre avaient vu leurs salaires augmentés, et leurs horaires respectés. Les grands patrons avaient surtout signé une charte sanctuarisant les droits des travailleurs externalisés. Mais c'était du grand mensonge emballé dans du beau verbe. Ça n'a jamais été appliqué. Flona s'est même fait virer quelques mois après ça, alors elle s'est impliquée encore plus fort dans le syndicat. Elle en a changé plusieurs fois depuis. A partagé son expérience de la lutte avec d'autres travailleurs et, les patrons se refilant vite le mot, cette expérience l'a empêchée de retrouver du boulot dans le nettoyage.

Rita entend un bruit derrière elle. C'est Flona. Elle arrive avec un thermos, et un seul œil. Là où devrait être son autre œil, il y a juste de la peau, comme une joue ou une fesse. Elle pose le thermos sur la table, secoue sa prothèse oculaire, et l'enfile sur son visage comme on emboîte une pièce de puzzle.

— Thé ou café ? elle demande.

Maintenant, son regard est fuyant. Rita fait tout pour éviter ses yeux. Alors elle regarde sa bouche, une bouche souriante qui entraîne les traits d'un visage rond à l'apparence heureuse, mais Rita y voit une infinie tristesse.

— Thé, s'il vous plaît.

— Tu peux me tutoyer, tata, y a pas de soucis, dit Flona en versant de l'eau dans une tasse.

— Donc, tu devais me dire les choses sur Amado ?

Flona propose différents sachets de thé à Rita. Thé de Ceylan, vert, rouge, jaune, à la menthe. Et elle se tait, comme en attente de l'avis de Rita au sujet du syndicaliste. Au bout d'un moment, elle demande :

— Une réunion est déjà prévue avec les patrons ?

— C'est pour bientôt, oui.

— Tu es prête ?

Rita réfléchit, regardant le thé vert fumant, cherche ses mots en même temps qu'elle rembobine le chemin parcouru, et répond :

— Ça fait deux mois, deux longs mois que j'attends, qu'on attend toutes, alors oui je suis prête.

— Deux mois, hein. Ça aurait pu être beaucoup plus court, tata. L'an passé, j'ai mené une lutte avec les femmes de chambre d'un hôtel de luxe. On s'est organisées pour faire un débrayage au premier jour de la Fashion Week, tu vois le truc des défilés de mode là. Salaires, primes, et tout. En deux heures c'était terminé, la direction disait oui à nos revendications.

Rita essaie de ne pas cracher son thé.

— Pourquoi c'est si long chez nous ?

Flona aspire son thé bruyamment, et laisse un autre long silence en guise de réponse, manière de répéter la question sans même parler.

— Amado ? continue Rita. C'est quoi le problème ?

— Amado fait durer votre grève en demandant beaucoup. Il demande l'in-té-gra-tion (elle articule bien lentement ce mot), et sait qu'il ne l'obtiendra jamais de Myriad, alors qu'en se concentrant sur l'augmentation des salaires, le respect des heures travaillées, la grève serait déjà terminée.

— Avec ta méthode, dit Rita en regardant les statuettes d'Hèviosso et de Mawu, la grève serait déjà terminée tu dis. J'aurais pu envoyer mes fils en vacances ? On serait déjà passées à autre chose ?

— Sûrement, tata, fait Flona en touillant son thé.

— C'est ce que tu voulais me dire sur Amado.

— Non, Amado vous a menti aussi.

Quand elle dit ça, sa voix semble plus autoritaire que d'habitude, un trait de fébrilité s'y dissimule derrière de la colère, une voix de mille fois trahie.

— Amado vous a demandé une somme d'argent lors de votre adhésion au syndicat, genre.

— 150 euros.

— Voilà, 150 euros, en vous disant que c'était un don au syndicat, et surtout que vous étiez obligées de le faire.

— Oui.

— Eh bien non, c'était pas obligé. Mais c'est pas très important ces 150 euros. Surtout, il vous a fait signer un papier disant qu'il prendrait 10 % de vos futures indemnités prud'homales. Avec ça, il finance une partie des caisses de grève des prochaines luttes, peut-être que toi là tu peux tenir grâce aux 10 % d'une sœur qui a lutté avant toi. Mais c'est pas ça le plus important.

— L'important c'est qu'il nous a menti, coupe Rita.

— Tu suis vite, tata, c'est ça, il vous a pas demandé votre avis, alors que la grève c'est pour vous. Est-ce que tu veux donner tes 10 %, là ? En fait, il vous a considérées comme vous considèrent vos patrons, ceux qui font signer des contrats à des femmes qui ne peuvent pas les lire. Lui dira que c'est pour votre bien, mais en vérité vraie, il fait pareil qu'eux.

Rita fait des claquements de langue malséants en fixant le sol. Ses yeux sont immergés sous une pellicule poivrée. Flona tempère sa colère. Elle insiste sur le fait qu'elle peut reprendre les choses en cours de route. Affirme qu'Amado n'en est pas à son coup d'essai, et que tout le milieu est au courant de ses méthodes. Mais vu celles et ceux qui se font avoir, tout le monde laisse courir. En l'entendant débiter, Rita regarde Flona en hésitant à lui poser sa question. Après une autre gorgée de thé, elle demande :

— Comment es-tu arrivée jusqu'ici ?

« Jusqu'ici » valait pour son engagement syndical comme pour cette force qu'elle perçoit en elle, et qu'elle n'arrive toujours pas à comprendre. Elle veut savoir ce qui la pousse, l'a poussée à lutter, là où d'autres continuent à courber le cou, jour après jour.

— Les deux Blanches que tu as vues en arrivant se sont intéressées à mon histoire, et ont fait appel à moi, elles pensent que « j'apporte quelque chose de différent, de nouveau au syndicat », dit Flona en prenant une voix mielleuse, mais je ne suis plus petite fille. Pas dupe. Je sais qu'en étant ici leur syndicat fait plus vrai, une travailleuse, noire, une vraie de vraie. Je suis plus à même d'être comprise par les travailleurs immigrés, exploités, elles disent. Peut-être. Je ne sais pas. Surtout, ma tête en attire davantage ici, au syndicat. Certains disent qu'elles m'utilisent, mais j'ai mon autonomie, au moins, et quand j'aide des frères et sœurs comme toi, je vais toujours jusqu'au bout, pour eux. Je vais te dire un truc, ma sœur, pour rentrer dans leurs choses, là, il faut toujours abandonner un peu de soi en route, il faut juste faire attention d'en abandonner le moins possible.

En l'écoutant, Rita repense au souvenir. La femme éclairée d'une lueur aveuglante autour de laquelle dansaient les énergies. Flona. Sous l'épaisseur de ce souvenir, elle se voit auprès de Flona, admise par elle dans la boucle. Le souvenir se déploie, il mythifie, glorifie, sanctifie, redessine ce visage sublimement bouffi, cet œil. Le passé ne peut être corrigé qu'au présent. Alors, Rita demande :

— Tu m'as reconnue ?

37.

Sous le ciel bleuté, tacheté de miettes lumineuses, Rita et Diva avancent vers un grand rectangle d'un blanc sale. Devant s'érige une croix et, sur la façade du préfabriqué aux allures d'entrepôt, un long bandeau annonce : « Communauté Chrétienne de la Rédemption. » Entre la croix et la bannière brillent hommes et femmes de couleur. Les dames portent des robes bariolées : jaune, rouge, vert surtout. Les costumes de ces messieurs sont augmentés d'accessoires : cravates roses, pochettes orange, chaussettes motif tartan, avec chapeaux parfois.

Attirées par la musique qui a déjà démarré, Diva et Rita passent le seuil. Des mains, des regards, des sourires se posent sur elles. L'endroit est gonflé d'une centaine d'âmes. « Alléluia-Dieu est Grand-Tout-Puissant » est roucoulé par les voix présentes. Les deux femmes l'attrapent au vol. Autour d'elles, les visages sont familiers ou veulent le devenir. L'endroit gonfle encore.

Sur la scène, pasteur Bélisaire porte une veste violette dont les manches sont trop longues pour lui. Son crâne chauve et son visage sont sillonnés des rides de celui qui a beaucoup vu depuis Bukavu. Bible dans une main, il effectue des va-et-vient entre piano et batterie. Avec sa force de vieillard, il tape sur cette dernière comme un acharné décharné. Derrière son corps défraîchi, des mots sortis d'un rétroprojecteur roulent sur un tableau blanc. *Oh ma vérité est le passage que tu m'as tracé / Je t'écoute et mon cœur reconnaissant te le rendra toujours / Des mains tendues et demain notre amour sera décuplé.* Les baffles, elles, sont muettes. Rita et Diva sont côte à côte dans un rang. Rita bâille et bataille avec ses paupières pour qu'elles restent ouvertes, elle regrette déjà de ne pas être restée chez elle.

Les fidèles recréent le rythme de l'inaudible musique. Les hommes donnent de grands coups de semelles dans le sol. Les femmes se tapent dans les mains. Un jeune homme dégingandé comme un flamant rose se met à genoux au milieu de la scène, pasteur Bélisaire continue ses va-et-vient piano-batterie. Le jeune gars lève ses longs bras au ciel, cligne des yeux comme un épileptique et psalmodie quelques mots. Bélisaire s'approche. Lui debout, l'autre à genoux, leurs visages sont presque à la même hauteur. Ils échangent un moment. Bélisaire retourne vers le micro, et donne à son troupeau : « Amen-Dieu vous adore-Alléluia ! » Les fidèles bourdonnent « Alléluiaaaaaaaaaaaaaaaa » en retour.

Bélisaire tire un mouchoir de sa poche et essuie son vieux visage trempé de sueur. Il ouvre sa bible, s'arrête gravement, le silence retentit, il lit le passage d'un Évangile. Les fidèles suivent ses paroles, smartphone ou bible en main. Entre-temps, le jeune homme agenouillé s'est relevé. Sa géante taille est encore exagérée par sa maigreur et par la petitesse de Bélisaire. Mais ici tous le savent, ainsi que ses followers sur Facebook et Instagram, dont nombre sont venus cette nuit, pasteur Bélisaire est géant par l'éloquence. Le son du karaoké évangélique n'a toujours pas démarré.

Bélisaire arrache le micro de son support. Avec sa voix, résonnant tels des murmures échoués dans la nuit, il parle de femmes présentes parmi nous. « Elles livrent un combat, oui, là-bas au grand dehors. » Les deux femmes frémissent quand elles entendent ça. Pasteur dit que leur combat est spirituel aussi. « Elles sont à leur très bonne place parmi nous autres. Il faut leur donner *la force*. Elles ont *la crainte*, mais ce n'est pas grave. Pour contrer cette peur, on s'agrippe aux mots acquis d'un autre monde. » Il secoue sa bible, en prononçant cette phrase. En attendant que Flamant Rose règle le problème de baffles, pasteur Bélisaire commence à raconter l'histoire du Prophète noir qui croyait que Jésus avait la même peau que lui.

Ce Prophète était allé se promener dans son pays en chantant ça. Je veux bien votre Jésus, mais alors, il sera noir comme moi. Le pouvoir colonial n'aimait pas ça, alors il a poursuivi Prophète dans toutes les venelles du pays. Prophète, avec ses gestes éparpillés, ses sautillements, ses grands sentiments, était suivi par beaucoup de jeunes âmes de ce jeune pays avec lesquelles il pratiquait le jeûne. Prophète était artiste aussi. Prophète avait ramassé les statuettes de Jésus, les icônes de Marie, il avait colorié le tout à son image de nègre. Des Jésus et des Marie noirs décoraient son temple au toit en tôle. Prophète de malheur. C'en était trop. Le pouvoir colonial arrêta Prophète et quelques-uns de ses plus beaux parleurs. L'administration coloniale mit toute cette négraille sous écrous. La justice fut rapide à trancher. On séparerait la grosse tête du petit corps de Prophète. Bientôt. Bientôt. On aima encore plus Prophète. D'autres chantèrent comme lui dans le reste du géant pays. Les coloriages les plus coupables de l'histoire humaine, si, si, ça s'est passé ainsi. Mais face au fourmillement d'un peuple, déjà, le pouvoir bégaya et libéra le presqu'martyr. Prophète était dehors. Prophète eut un temple, puis trois, puis mille. Prophète n'était plus prophète, mais une religion. Prophète a maintenant de beaux temples et un jour férié dans ce géant pays où les montagnes sont de cuivre. Et Bélisaire de montrer ses dents manquantes.

Il ouvre sa bible, parle d'une voix différente, nette, sans chanson dedans. Alors, on l'écoute plus gravement.

« J'ai été à l'école de Prophète, il y a fort longtemps. À l'école révolutionnaire. J'ai tout oublié de l'enseignement de Prophète, sauf ça. Notre Communauté Chrétienne de la Rédemption est aussi une école révolutionnaire, ne l'oubliez jamais. Priez pour nos sœurs en combat.

Jésus nous aime. Jésus aime les pauvres. Jésus vous aime. Nos sœurs sont à la veille d'un rendez-vous décisif. Prions pour elles.

Évangile selon Matthieu.

"Heureux les pauvres de cœur : car le royaume des Cieux est à eux." »

Rita surligne ces passages fulgurants à coups d'oreille. *Heureux ceux qui ont faim et soif de la justice : ils seront rassasiés.* Elle frissonne en réécoutant ces paroles qui lui sont destinées. Elle l'imagine, longs cheveux au vent et mégaphone à la bouche, scandant ces mots du haut de sa montagne. Un Christ syndicaliste. *Mais amassez-vous des trésors dans le ciel, où ni les mites ni les vers ne font de ravages, où les voleurs ne percent ni ne dérobent.* Sourire béat sur son visage, elle attrape la main de Diva qui lui répond de doux effleurements du pouce.

Bélisaire descend maintenant dans les rangs. Bible et micro toujours en main, il marche à pas de chat. Détaille les fidèles. Dépasse Rita et Diva, avant de revenir sur ses pas. Il hésite. Ses yeux croisent ceux de Diva et Rita. « Vous avez encore peur, petites sœurs ? N'ayez crainte, Jésus vous adore. » Il se signe, puis signe les deux femmes. Rita manque de se prendre un coup de micro dans le nez. Et Bélisaire ajoute :

— Mes amis, ne les oubliez pas. Soyez généreux tout à l'heure quand la quête circulera, donnez, donnez bien, une partie de l'argent ira au combat de nos sœurs. Amen.

« Amennnnnnnnnnn ! » résonne en retour le bourdonnement des fidèles. Pasteur s'en va zigzaguer dans d'autres rangées avant de regagner sa scène. Les baffles fonctionnent enfin.

La musique coule dans la salle. Les hommes donnent de légers coups de reins à l'air qui se charge. Les femmes tapent des mains, lèvent un pied, puis l'autre. On danse, on chante, on drague, on prie jusqu'à ce que les odeurs de sueur, de karité et de reste d'encens fusionnent en une ardente nuée. C'est le moment que choisissent Rita et Diva pour aller éponger leur sueur.

Dehors devant l'église, une brise fraîche vient s'étaler sur leurs peaux collantes. Elles inspirent, expirent brutalement sous les caresses de ce vent. Comme après l'amour, l'essoufflement du plaisir.

— Tu n'es plus fatiguée, hein ? demande Diva.

— Non. Mais j'étais pas vraiment fatiguée, j'étais juste dans mes pensées.

— Pensées de quoi ? À cause de la réunion à venir avec les patrons ?

— Non, j'ai fait un mauvais rêve dernièrement.

— Rêve de quoi ? demande Diva en gloussant. Arrête avec ta superstition ho.

— Je me souviens plus bien, mais vraiment le rêve là est mauvais.

— Un rêve prémonitoire ?

— C'est un petit chien qui meurt dans mes bras, je ne sais pas ce que ça veut dire.

— Laisse ça. Pense plutôt à la bénédiction de pasteur sur notre lutte, ça c'est bon.

— C'est toi qui lui as parlé de la grève ?

— Je lui ai juste demandé de nous bénir avant la réunion. Je ne pensais pas qu'il préparerait tout ça.

— Regarde-toi, sourit Rita, toi qui ne voulais même pas faire grève, maintenant tu demandes des bénédictions. Tu es arrivée loin ma chérie.

Le T : front, menton, nez, du visage clair de Diva se teint de rouge. Elle efface cette gêne d'un sourire, ses yeux brillants rembobinent le chemin de sa lutte personnelle. Diva a lutté avant même de se mettre en grève. Contre ce qu'on lui avait répété. Contre son fatalisme absolu. Contre la douleur touchant autrui et résonnant fort en elle-même. En fait, elle luttait déjà quand elle chantait contre la dureté de ses chambres.

Elle avait ressenti ça, ces dernières semaines. La grève est un moment plus ou moins long, certes, mais c'est aussi un état, état dans lequel elle est entrée le jour où elle a dit oui. Avant même que la vraie grève ne débute. Elle se demande si elle ressentira la même euphorie, le même attachement inébranlable aux autres, la même stimulation de recherche perpétuelle de solutions qui élève, une fois que tout ça sera terminé. Sûrement. La grève est un état, avant d'être un moment.

— On a déjà gagné, dit Diva.

— *Le sang de Jésus.*

Dans l'église résonne encore le grand murmure de pasteur Bélisaire.

38.

Elle n'est pas là. Pas là non plus. Amado ouvre un tiroir, déplace un livre, une autre pile de dossiers. Il ne la trouve toujours pas. Quand il est ici pourtant, il la croise souvent, a même l'impression qu'elle le toise, et maintenant qu'il a besoin d'elle, il ne la trouve pas. Sous le bureau non plus. Mains sur les hanches, le syndicaliste respire bruyamment au milieu de la pièce. Des perles de sueur lui tombent du front. Les livres critiquant le monde du travail sont en bonne place en haut, en bas et au milieu de l'étagère. Sur un mur est collée une affiche d'un rassemblement passé organisé par la Cimade. Le vieil ordinateur : écran cerné par la poussière, clavier étranglé par son câble, est posé dans un coin à même le sol. Et sur la table en bois, d'autres livres, empilés en quatre tours, l'équilibre est fragile. Entre les tours, des stylos-billes dans un verre, et une tasse vide marquée de noir au fond. Voyant cet agencement, il se rappelle avoir caché sa bouteille derrière les cartons près du vieil ordinateur. Il faufile ses grosses mains derrière, et l'attrape. Whisky japonais, douze ans d'âge, gardé pour les grandes occasions. Après tout, c'en est une. C'est la première fois qu'il est désavoué en pleine lutte. Il s'effondre lourdement dans sa chaise qui couine sous ses fesses. Et verse le whisky dans sa tasse.

La gorge réchauffée, il sourit devant ce mail toujours affiché sur son écran d'ordinateur. « Sommes ? » Elles ont cru que les caisses de grève se remplissaient toutes seules. Non, ce sont ces « sommes » qui font tenir la lutte dans la durée. Dix pour cent. Un petit pourcentage sur leurs indemnités qui financerait la prochaine lutte. « Elles sont bien contentes quand elles récupèrent leur chèque, hein », il postillonne. Amado est hypnotisé par les flaques de salive sur son écran, elles le détournent un moment de la mauvaise nouvelle. Du violet. Du vert. Du gris. Les pointillés fluorescents devant lui rappellent un triste arc-en-ciel, il plisse les yeux pour deviner d'autres couleurs, il n'en pas le temps, elles s'estompent trop vite. Derrière les scintillements éthyliques, le mail est toujours ouvert.

L'autre jour, à la fête des cinquante jours, Amado avait repéré Flona. Il en avait avalé un peu de sa boisson de travers. Il n'aime pas son syndicat. Rempli de licenciés de sociologie, de philosophie, qu'ont jamais travaillé et qui viennent t'expliquer la vie. La Flona, c'est leur caution. Regardez ! Regardez ! On a une femme de ménage avec nous. Flona a attrapé les femmes de chambre à la connivence ethnique, c'est certain. Un syndicat d'opportunistes communautaristes. Paraît qu'ils font même des réunions non mixtes. Amado sait pas dans quel sens. Le genre ? La race ? L'âge ? Mais ça le fait bien rire ces mots : non mixte.

Le Nikka continue de glisser dans sa gorge. C'est tellement bon qu'Amado a un peu honte de le boire dans sa vieille tasse parfumée au café.

Le travailleur est soumis aux grands patrons avant d'être noir, blanc, bleu ou jaune. Avec leur communautarisme, ils font le jeu du patronat, c'est n'importe quoi ces chienneries. Bientôt on aura plus de syndicats que de syndiqués. Ils continuent de morceler les travailleurs, comme si les grands patrons n'avaient pas déjà assez fait le boulot. « Pour une fois que les patrons travaillent », il ricane et d'autres petits arcs-en-ciel apparaissent sur l'écran. La fin du mail, elle, n'est pas drôle. Elle promet des poursuites devant la justice. Ça pourrait lui faire perdre son mandat de défenseur syndical. Il avale une gorgée cul sec.

Des camarades du syndicat l'ont prévenu que ses combines étaient risquées. Amado s'agite, sa tasse de Nikka entre les doigts, et répond qu'on joue contre des gens qui truandent matin, midi et soir, alors que lui s'arrange pour le bien commun. La vérité, c'est que les lois sont respectées par les naïfs ou ceux qui ont les moyens de les respecter. La vraie vie, elle, est régie par les règles qu'on s'impose. Il se convainc en repensant aux belles luttes gagnées. Aller demander à Jessica du Monoprix où vous passez tous les jours si elle est pas contente de son salaire augmenté. Aller demander à Abdoulaye de la sécu de la tour Eiffel s'il est pas content de sa prime et de l'arrivée d'une pointeuse sur le site. Aller leur demander surtout s'ils sont pas fiers de leur dignité regagnée, au lieu de venir me casser les bonbons ici. Ça n'a pas de prix ça. Et j'peux continuer, la liste de mes victoires est longue comme quatre bras, s'enflamme Amado en postillonnant sur son écran. Il n'ira pas cependant détailler les augmentations de salaire qu'il s'est autorisées ces dernières années en sa qualité de trésorier du syndicat. La bouteille de Nikka est déjà vide. Il se fait tard.

C'est bien bon, y a la clim ici. Amado attrape une bouteille de whisky au Monoprix d'à côté. À la caisse, il met la main sur l'épaule du type devant lui dans la queue. Lui lance un sourire, montre sa bouteille, manière de dire, j'ai que ça mon gars, laisse-moi passer. Il avance sans se soucier de sa réponse. Au moment de payer, il fixe la caissière. Une dame, 40, 45 ans, aux cheveux filasse. Elle a certainement participé à la grève qu'il a menée aux côtés des employés de ce magasin.

— Tu me remets ? il demande.

— Ça fera 18 euros, 29 centimes, répond la femme.

Amado répète sa question en ajoutant des précisions sur le conflit. La caissière cherche une lueur complice dans les yeux du vigile posté près de la sortie. Amado paie par carte bleue. Il ouvre sa bouteille avant même que le paiement soit validé, et commence à sucer son goulot. « Elles vont se faire bouffer par Myriad de toute façon », il lâche avant de roter.

39.

Leurs chaises juste en face de celle de Flona renforcent cette intimité particulière, moite et étouffante. Les trois femmes se frôlent au niveau des rotules. Elles sont à l'écart dans une petite pièce sans fenêtre du syndicat. À l'air d'ancien débarras. Sous le remugle, Rita et Mariama ont des réminiscences du sous-sol de l'Inside. C'est pire avec cette chaleur. Elles s'éventent avec ce qu'elles peuvent, et se demandent ce qu'elles font là.

Rita a raconté aux gréveuses les façons d'Amado, les 150 euros, ses mensonges, et les 10 %. Elle leur a parlé de cette sœur, comme elles, qu'elle avait vue à l'œuvre menant sa lutte merveilleuse il y a près de vingt ans. Ça a été vite parlé, vite tranché. Paperasse faite et bien explicitée, désormais, c'est Flona et son syndicat qui les épauleront dans la suite de leur grève. Flona voulait encore voir l'une des collègues de Rita.

La sueur fait briller le beau visage de Mariama. Elle a repris des couleurs depuis son retour. Ses lèvres rose-violet, ses joues fardées, ses yeux noirs et perçants sont revigorés dans des tons encore plus intenses qu'avant.

Flona précise qu'elle devra parler avec l'avocat du syndicat à propos de son « agression ». Le mot « viol » n'est toujours pas prononcé. Elles l'ont toutes en tête mais « agression » semble faire mieux passer ces choses pour Mariama, c'est le mot qu'elle utilise. Mariama acquiesce tranquillement du menton en écoutant Flona. Puis elle reprend, et soudain traduit « agression » par « il m'a poussée », s'ensuivent plusieurs « quand il m'a poussée ». Rita revoit, là, la traductrice d'Aminata. Elle sait atténuer la violence sous les mots. Ses paroles sont entrecoupées de longs silences d'où perce le sifflement de la respiration de Flona. Comme si elles étaient deux à l'intérieur, ses sifflements se chevauchent dans un râle étrange.

Après un moment, aucune n'ose plus parler. Flona arrache maintenant la prothèse de son visage, et ferme son unique œil. Elle psalmodie des mots inaudibles à très grande vitesse. Quand elle fait ça, Rita repense aux statuettes de l'autre fois. Flona les invite dans sa méditation. Rita et Mariama se renvoient des regards étonnés, puis complices. Elles ferment les yeux. Entraînées par ces chuchotements, elles psalmodient aussi. On entend des mots chantés en plusieurs langues. Ils dessinent des après-demain glorieux. Les mains se joignent aux paroles. Elles se croisent. L'emmêlement des voix ressemble au son d'un vent incertain, soufflant d'un côté, de l'autre. Puis Flona se met à parler distinctement. Au son de sa voix, les deux femmes ouvrent les yeux. « Ça va prendre du temps », elle dit en se tournant vers Mariama.

Ça change lentement. Elle sait. Mariama l'a vu depuis qu'elle est revenue au milieu d'elles. A entendu Amado parler. Les patrons ne pas répondre. Les gréveuses espérer. A traduit les mots d'Aminata qui a abandonné, les a abandonnées. À quoi bon rester lutter si la plus forte en est même fatiguée. Mariama a voulu suivre Grande à l'intérieur de l'Inside. A été empêchée par ce qui grossit dans son ventre, une douleur la tiraille, brasier intérieur qui l'a empêchée de bouger quand Aminata boitait vers les portes. Ce même feu s'allume de plus en plus souvent, de plus en plus fort quand elle les écoute raconter la suite de leur grève, leurs réunions, leurs négociations. Elle entend de loin. D'ailleurs. N'a même plus à traduire les paroles de Grande. Et dans son ventre le feu continue de gonfler, de pousser, comme si c'est l'autre qui l'y avait laissé. Elle veut que ça change vite.

— C'est comment, si la réunion se passe mal avec les patrons ? demande Mariama.

— On va négocier, ça va bien se passer, j'ai déjà fait ça, répond Flona.

— Il faut avoir la foi, ma chérie, dit Rita, ça va marcher, on a prié.

— Et s'ils n'acceptent pas, s'entête Mariama.

Un long silence tombe dans la pièce. Les femmes ont l'air d'en profiter pour visualiser la mauvaise éventualité. Des flammes brûlent dans les iris de Mariama, laissée sans réponse, elle articule dans un calme à faire frémir :

— Sé-ques-tra-tion. J'ai entendu que des grévistes ont séquestré leurs patrons qui ne voulaient pas les écouter, et ça a bien marché pour eux. On peut faire la même chose avec le directeur de l'hôtel si la réunion n'est pas bonne. Ça irait plus vite.

Rita regarde Mariama comme si elle ne l'avait jamais vue. Puis aperçoit une lueur coupable dans l'œil de Flona. Le regard de celle qui a déjà pensé à ce genre de chose, et qui a freiné au dernier moment. Mais Rita ne sait pas ce que pointe cette culpabilité. Le fait d'y avoir pensé. Ou le fait de ne pas être allée au bout de cette pensée.

— Pour des femmes comme nous, non, ce n'est pas possible de faire ça, dit Flona en dodelinant de la tête, non, non, on n'est pas comme les grévistes dont tu parles, si on fait ça dans ce pays, ça va se passer très différemment.

Les gestes pleins d'autorité de Flona sont devenus maladroits. Elle est fébrile, comme si cette question l'avait diminuée. Elle cherche quelque chose. La main tremble. Elle le trouve enfin. Flona essaie de poser son œil sur son visage.

40.

Le vieux pont vert pâle s'assombrit, quelques voitures traversent encore.

Plus bas, dos aux grandes tours de béton délabrées et grises, maquillées de noms de poètes, quatre garçons sont assis.

Ça jacte, comme ça rigole. Quelques années auparavant, c'était les grands frelons de Lass et Pops qui posaient leurs séants ici. L'époque prônait moins la volatilité, alors on se contentait d'un long canapé en cuir craquelé. Quand ils bougeaient ailleurs, ils pouvaient se poser sur les bancs qui, à l'époque, étaient disposés aux quatre coins de la cité. Puis un beau jour, la mairie les a enlevés. Ça jactait, ça rigolait. Ça zieutait déjà le pont. Une figure patibulaire pas familière, et on essayait de deviner son lieu de provenance. Christian se sent bien ici, entre souvenirs, douleurs et rires qui emballent tout.

Qui connaît l'histoire de Bergkamp, la légende de RC ? demande le fils à Rita. Tabouret, t'as percé, frère, t'as ta chaise maintenant, t'es refait, mais tu restes Tabouret, dit

Pops en appuyant sa main sur l'épaule de Christian. Haha, franchement bien vu, Pops, bien propre la petite chaise, rigole Piwi tirant sur sa cigarette. Vous êtes en boucle, hein, depuis que j'ai ma chaise, dit Christian. Bergkamp, la légende de RC ? Ouais j'avais entendu une histoire sur lui mais je m'en souviens plus, fait Ro.

Pops se lève et sprinte vers une maman marchant tête courbée. Il lui arrache presque ses sachets des mains, puis la suit jusqu'à son bâtiment. Ro en profite pour siroter un peu de son Oasis Tropical laissé dans le porte-gobelet de sa chaise. Wesh, c'est une vraie histoire, l'histoire de Bergkamp, vous la voulez ou pas ? demande Christian. Vas-y ton histoire on la veut pas mon gars, on parle pas de RC ici, dit Piwi.

Eh, tu fais quoi, toi ? Vas-y, pose ma canette, sale chien, crie Pops qui revient en trottinant. Ro la remet fissa dans le porte-gobelet. J'espère t'as pas mis tes grosses lèvres là, ajoute le blondinet. T'inquiète, j'ai même pas bu, au fait, il est où Lass, il taffait pas aujourd'hui, ça fait une demi-heure qu'il devrait être là, dit Ro, comme pour changer de sujet. J'avoue, ça lui ressemble pas de disparaître comme ça, fait Piwi. Dis l'histoire de Bergkamp, Tabouret, fait Pops.

Christian commence. Bah c'est Bergkamp, un mec de RC, il doit avoir dans les 20-25 ans aujourd'hui, alors je vais vous raconter sa story… Et tu veux pas arrêter tes tours de labyrinthe et raconter, t'as cru t'étais sur France 5, dit Piwi. Tours de labyrinthe, des barres, t'es un tueur Piwi, vas-y, raconte Tabouret, dit Pops en se levant. Il va vers son Clio qui fait face aux garçons alignés.

Wesh, tu rates le meilleur gros, donc c'est Bergkamp, il doit avoir dans les 20-25 ans aujourd'hui, quelque chose comme ça. Vous voyez RC, c'est une cité balèze quand même, aussi balèze que… même plus que SFC à Denis-Saint, t'sais même pas combien y a de bâtiments tellement y en a. Bref, Bergkamp, il habite dans la zone R de RC. Quand il est petit, il va à la maternelle, normal. Pops revient en courant avec deux canettes de Coca Cherry dans les mains. Qui en veut une ? il demande. Ro tend sa main. Vas-y, c'est mort toi, t'as fini mon Oasis, fait Pops. Il tend une canette à Piwi surpris, qui l'attrape. Vas-y, j'ai raté quoi ? répète Pops en se tournant vers Christian. Elle est chaude ta canette, wesh, dit Piwi, avant de la passer à Ro.

T'as rien raté, tranquille. Bon, Bergkamp, il fait sa petite life à la maternelle qui était au pied de sa tour, jusque-là tout va bien. Ensuite, Bergkamp, il grandit, donc il va à l'école primaire, normal encore, l'école est dans la zone C de RC, c'est un peu plus loin de chez lui quoi. Il fait sa primaire tranquille aussi. Et avant de rentrer chez lui, il va jouer au foot au city qui est près de chez lui, dans la zone R. Et c'est un monstre, le petit Bergkamp, fort joueur, il casse les reins de tout le monde. Donc après, il va jouer au club de foot du quartier, comme ils ont un synthé dans la cité, le club s'entraîne et joue dans la cité…

Quatre gamins s'avancent timidement devant les garçons avachis sur leurs chaises. Ils approchent, mais pas trop.

Thaïlande Thaïlande Thaïlande
J'viens de Saint-Remy Islaaaaaaaaand

J'suis un tsunami toi t'es la Thaïlaaaaaaaaaande
Culs déposés trop d'temps à passer ici
Le turfu c'est maintenant le passé aussi

Ils rappent de leurs voix fluettes. Christian, Pops et Piwi rigolent. C'est lui, vous le reconnaissez ?! Vous voulez prendre une photo ? Il est encore plus moche que sur YouTube, nan ? demande Christian aux petits en secouant les épaules d'un Ro qui rougit. Ro pose sa canette au sol, ajuste ses lunettes, se lève et va faire un selfie avec ses nouveaux fans.

Wesh, ça dit quoi Bergkamp ? demande Piwi. Haha, j'ai cru tu voulais pas entendre parler de RC ici, en vrai j'sais même plus où j'en étais avec toutes vos conneries, dit Christian. Bergkamp qui est un crackito au foot, un truc comme ça, dit Piwi.

Ouais, Bergkamp, c'est un monstre, l'un des plus grands talents jamais vus dans ce département, et Dieu sait qu'on en a vu. Bergkamp, c'était le meilleur joueur de l'histoire de sa cité, mais il ne voulait jouer que les matchs à domicile. Son coach est allé voir sa mère pour comprendre pourquoi il voulait pas jouer à l'extérieur. La maman a pas aimé cette intrusion du coach, elle a dit c'est son choix, qu'y fallait le respecter et tout, donc il a continué à ne jouer qu'à la maison. C'est allé plus loin, des mecs de la fédé sont descendus à RC, des gars de clubs de Ligue 1, ça a proposé des sommes d'argent à la maman pour faire sortir Bergkamp de la cité. L'un des plus grands talents de l'histoire du foot français qui veut pas sortir de sa putain de cité.

Ils ont tout tenté. Ils ont pas réussi à faire jouer Bergkamp en dehors de sa cité. Aujourd'hui, il taffe, d'ailleurs il est surveillant dans son ancien collège, il a une meuf et tout. On dit que quand un ballon traîne dans les parages dans la cour de récré ou dans le city de RC, et que Bergkamp touche la balle, c'est toujours pareil. Ça colle au pied, c'est soyeux, c'est beau. On dit aussi que personne n'a jamais vu Bergkamp en dehors de sa cité. La légende dit qu'il aime trop RC pour en sortir.

Ah, j'crois qu'on me l'avait déjà racontée, celle-là, dit Ro revenant vers sa chaise. Attends, ils ont un queugré à RC ? demande Piwi. Ouais, j'crois, répond Christian. Ben en vrai, si tu réfléchis despi, il a tout ce qu'il faut pour vivre à RC, pourquoi en sortir en vrai ? dit Piwi. T'es trop con toi, j'te jure, rigole Christian. Putain, heureusement qu'on a fait que de t'interrompre, la vie de ma mère, elle était flinguée ton histoire. Des narvalos comme ton Bergkamp, y en a partout, sauf que d'habitude, ils sont aussi pétés au foot, dit Pops.

La vie, j'suis sûr, c'est les mecs de RC, ils se sont créé une légende de narvalo bon au foot, genre le mec avait même l'occasion de sortir de la cité, mais il a dit non, j'kiffe trop RC, j'reste ici, zebi, dit Ro. J'avoue, c'est possible, dit Piwi. Du marketing de cité ? N'importe quoi ! dit Christian. C'est son vrai nom Bergkamp ? demande Ro. Haha, non, c'est un Galsen, mais ils l'ont appelé Bergkamp à cause de l'ancien joueur de foot qui avait peur de prendre l'avion, et qui jouait que les matchs à domicile, dit Christian.

Tu devrais avoir honte CHR, tu ramènes la propagande de RC ici, dit Piwi. Wesh, il est toujours pas là, Lass ? Il aurait dû arriver y a une bonne heure, fait Pops. Tranquille, il va arriver, dit Piwi. Et c'est quoi le R de RC déjà ? demande Christian. C'est... Renan, j'crois, dit Pops. Chelou, j'croyais c'était Rolland, dit Christian. N'importe quoi ! C'est Rimbaud, dit Ro en exhibant son écran de téléphone à la face des plus sceptiques. Et vos gueules avec vos histoires de RC là, j'ai dit, crie Piwi. Et c'est quoi le C de RC ? demande Christian en rigolant. Et tu rends fou toi ! Ta gueule avec RC ! répète Piwi. Calmos ! T'es en manque ou quoi gros ? demande Christian en faisant mine d'aspirer de la fumée avec ses lèvres.

Les mecs de RC, que ils parlent, que ils font les fous, ils ont cru leur cité c'était leur daron. La vie, pour une fois c'est pas con cette idée de marketing, ils se font même des T-shirts maintenant, en mode avec gros R et gros C dans le dos, dit Pops. Vas-y, on va s'faire des T-shirts nous aussi, dit Piwi. Vas-y, chaud ! On les mettra dans mon prochain clip, dit Ro. Au fait, qu'est-ce qui t'arrive, Tabouret ? Il commence à s'faire tard, nan, t'es encore là ? sourit Pops. Vas-y toi, arrête de me casser les roubignoles, dit Christian. Les quoi ? demande Piwi. Haha, t'as vu bâtard, tu commences avec tes mots chelous, fait Pops. Quel mot qui va pas ? demande Christian. Fais le malin ! dit Pops.

Un mot, ça peut tout changer, frère, demande à Ro, notre poète urbain ici présent, l'auteur-interprète du son *Thaïlande*, qu'on reconnaît même dans les ruelles. Fais un son anti-RC la prochaine fois, non ? dit Christian. Piwi et

Pops se marrent. Pourquoi vous rigolez, vous ? T'inquiète, frère, j'prépare un son, ça va tuer, dit Ro.

Wesh, il est où Lass ? J'essaie de l'appeler, ça répond pas, dit Pops. T'inquiète, il va rappliquer, dit Christian. J'avoue, il m'inquiète là, Lassana, c'est bizarre, il est passé par où pour rentrer ? demande Ro. Par la gare comme d'hab, j'aurais dû aller le chercher, fait Pops. Ça dit quoi la vie en Clio ? demande Piwi en pointant un ongle sale vers la voiture. C'est la grande vie, gars, haha, dis-toi que c'est comme ta chambre, mais avec des roues en dessous, et il s'y passe un peu plus de trucs, t'as capté ? fait Pops. Ah c'est comme ça, ça fait monter des bibis ou quoi ? demande Ro. Ah gars, j'essuie la banquette arrière tous les jours, et c'est pas à cause des miettes de chips. Toujours puceaux, vous ? sourit Pops. Ses trois acolytes lui répondent par un silence gêné.

Une chambre avec des roues, t'es un ouf Pops, dit Christian. Ouais, ouais, Tabouret, et des fois, ça devient mon bureau aussi, fait Pops. Tu te fais contrôler avec ça ? demande Christian. J'me suis fait péter pas mal de fois au début, j'ai mes techniques, plus de gants au volant, plus de casquette, et j'mets mes petites lunettes, enfin trouvé une raison de les mettre. Avec ce déguisement, et une conduite plus code de la route, ces fils de pute me cassent moins les couilles. Tu portes des lunettes, toi ? Jamais on t'a vu avec, fait Ro. Normal, j'les avais jamais mises, après j'ai eu les lentilles, mais pour conduire quand j'ai enlevé la casquette, je les mets pour redécorer, p'tites lunettes, ça passe crème avec les keufs comme avec les meufs en vrai.

Wesh, Lass, il s'fait tard, ajoute Pops. Attendez les gars, il vient de m'envoyer un Snap. On voit rien, les mecs filment que leurs pompes. Attendez, on dirait la voix à Lass, fait Ro. « Les frères, j'suis bloqué à la gare par les mecs de RC, ils m'disent que des mecs de l'Île ont péta une de leurs chaises. Ils disent de la ramener tout de suite. Ils m'laisseront pas partir tant qu'ils auront pas récupéré leur putain de chaise, c'est une question d'honneur ils disent. Si vous l'avez, ramenez-la les frères... » Toooooc ! Putain c'était quoi ça à la fin ? On aurait dit une fleu-gi de cow-boy. C'est quoi ce bail de chaise ? demande Christian en levant le cul de la sienne.

Putain, les fils de pute, ils cherchent vraiment un prétexte pour mêler les gens. J'crois ils parlent de ta chaise CHR, dit Pops. Comment ça ma chaise ? demande Christian. Ben, j'lai pas achetée, frère, j'passais devant RC en gova, y avait personne de posé dessus, j'lai péta, dit Pops. T'es sérieux là ? demande Christian. Putain, ça va partir en embrouille pour une chaise ? fait Ro. J'le savais sa grand-mère, dit Piwi.

Vas-y, on s'en bat les couilles, on y va. On va récupérer Lass, pas le choix, dit Pops. Vas-y go ! Piwi ? demande Pops. Vas-y, j'viens, fait Piwi. CHR ? demande Pops. Vas-y, j'sais pas les frères, j'dois rentrer là, répond Christian. Vas-y, fais pas ta pute, on y go tous ensemble, c'est pour ton cul que Lass va se faire défoncer, même Piwi vient, dit Pops. On sait même pas combien ils sont, on est que quatre nous, dit Christian. On s'en bat les couilles, tu crois qu'on a le temps de compter ? Vas-y, OK, dit Christian. Ro ? demande Pops. OK, il dit.

41.

L'atmosphère de cette salle du bâtiment de l'inspection du travail invite à la retenue. Elle est neutre, inodore, officielle et nettoyée. Un faux plafond beige, et des tables de la même couleur y sont alignées. Pour remédier à la chaleur, les fenêtres sont grandes ouvertes. C'est raté, dedans, il fait encore plus chaud que dehors.

En pénétrant dans la salle, Rita psalmodie une dernière prière.

« Mon Dieu, donne-moi la force de bien parler. Donne-leur la force d'écouter, d'être touchés, de comprendre, de changer les choses, de nous aider. Seigneur, quoi qu'il arrive, donne-nous, à tous, la force de continuer. *Akpé na Mawu.* »

Rita et Flona sont assises face aux représentants de Myriad et Ménage à la française. Un inspecteur du travail aussi est présent. Le nouveau boss de Myriad, Avenet, avait dit qu'il viendrait en personne, mais finalement il n'a pas daigné renoncer à ses occupations. En face d'eux, Flona affiche le visage de celle qui en a vu d'autres. Rita, elle, éponge sa sueur à gros coups d'avant-bras sur le front.

L'inspecteur du travail est plein de gestes amènes, préparé à tempérer les débats si besoin. Des banalités d'usage sont lancées pour commencer. Le président de MAF est prêt à faire des efforts pour mettre fin au conflit. Et la dame de Myriad, directrice des relations sociales, ou un titre dans ce genre-là, annonce soutenir ces efforts. Les efforts en question sont inscrits dans un document que scrutent, épaules collées l'une à l'autre, Rita et Flona.

Rita retourne la feuille, avec l'espoir d'y trouver quelque chose en plus. Nenni. Il n'y a rien de plus à espérer. Elle regarde Flona qui sourit de dépit. En face, ils montrent toujours leurs mines impassibles. Seul l'inspecteur, se grattant le front, se pinçant l'oreille, se passant la main sur son crâne brillant et chauve, semble un poil inquiet.

Rita a l'impression que son cœur gigote dans son front. Pourquoi font-ils ça ? C'est un jeu pour eux ? Ils veulent dire aux gens, regardez, voyez, on a proposé quelque chose à ces femmes, une belle offre, mais voilà, les mauvaises, les méchantes n'ont pas accepté. C'est leur faute.

L'entreprise acronymique propose une augmentation des salaires d'un pour cent, l'installation d'une pointeuse, et une prime de panier de 3 euros 60 au lieu des 7 euros 24 demandés. Alors que Rita relit ces chiffres, juste pour être sûre, son téléphone se met à vibrer sur la table. Elle ne connaît pas le numéro qui la déconcentre, mais ressent comme un mauvais pressentiment en le voyant. Elle prend son téléphone, et l'enfonce dans son sac à main.

Les revendications vraies ont été ignorées. Le passage à temps complet des temps partiels. Des CDD en CDI.

La fin de la clause de mobilité. La prime d'habillage, le remboursement des transports, le paiement d'un 13e mois, et la prime de site. L'accès à la cafétéria des employés. La diminution des cadences à deux chambres à l'heure, le paiement des jours de grève, et une vraie augmentation des salaires.

— On ne demande même plus l'intégration, dit Rita, baissant la voix.

Son souffle a vrillé en prononçant ce dernier mot : « intégration ». La plupart du temps, il est une arme contre elles, les repoussant toujours plus loin, plus bas, ajoutant des frontières aux frontières. Ces séparations, c'est la dégradation de nos droits. Elle leur profite à eux. Elle avait déjà entendu ce mauvais mot. Elle l'entendra encore. « Intégration ». Le mot écorche la bouche à Rita. Ici c'est un vœu pieux. Une revendication différente qu'elles n'osent même plus espérer. Impossible à considérer pour Myriad, car, par effet d'échelle, elle montrerait à d'autres employés du groupe que l'espoir est permis de penser à travailler dans de meilleures conditions. Cette revendication remettrait en cause leur économie. Ça changerait des vies aussi.

Dans cette pièce, Rita parle un langage codé en fait, pour négocier plus de temps afin de voir grandir les enfants, leur permettre de s'amuser pendant les vacances, les habiller à la prochaine rentrée. La distance à combler entre le formel impersonnel et l'intime le plus profond dessine une entaille dans son ventre. Revendiquer, militer, demander, supplier en fait, pour mieux vivre, et faire mieux vivre. L'humiliation tache comme une plaie béante. Contre cette douleur s'éployant dans sa chair, Rita appuie une main fatiguée. Elle n'arrive plus à la contenir.

— C'est le mieux qu'on puisse faire, dit le président de MAF, accompagné par les coups de menton de la femme de Myriad.

Rita n'a même pas l'impression qu'ils parlent de son travail. Ils disent autre chose. Elle aurait aimé entendre parler de leurs génuflexions, des frottements, des corps plaintifs au quotidien, des vieillissements prématurés. « Si c'est eux qui font les règles, c'est normal qu'on ait mal », elle se répète alors que son téléphone continue de faire sautiller son sac.

Soudain, dans le calme de cette pièce transparente, Rita se lève, plonge la main dans son sac, cherche quelque chose qu'elle ne trouve pas, fait encore tourner sa main dedans, et sort un mouchoir avec lequel elle s'éponge le front, avant de commencer à parler :

— On travaille dans cet hôtel, et ce travail nous tue doucement, on sait qu'il nous tue, qu'il nous tuera de toute façon, mais ce qu'on demande c'est qu'il tue moins, beaucoup moins, pour cela on demande que vous respectiez nos droits, alors madame, j'aimerais savoir pourquoi vous ne voulez pas nous donner ce qu'on demande, parce que, ce que nous dénonçons aujourd'hui, c'est la situation que nous vivons avec la sous-traitance, moi ça fait plus de quinze ans que je travaille à l'Inside, et à chaque fois la sous-traitance, c'est la même souffrance, on a crié, on a parlé, on a pleuré, on a tout fait, et les mêmes conditions, monsieur, persistent, le travail de femme de chambre, j'ai l'impression que vous ne le connaissez pas, je crois que vous parlez d'autre chose, vous dirigez des hôtels, mais vous ne savez pas comment se nettoient les chambres, alors je vais vous le dire, c'est un travail très difficile, et quand vous prenez la sous-traitance, c'est pire, aujourd'hui nous nous sommes mises en lutte pour dénoncer des choses qui ne vont pas du tout dans votre hôtel, et vous pourriez nous intégrer, pour qu'on ait les mêmes droits que les autres employés qui travaillent dans le même bâtiment que nous, mais non, nous on ne vous demande même plus ça, l'intégration, on veut juste avoir des conditions de travail décentes, on sait que vous avez les moyens de le faire, alors faites-le ou dites clairement, à haute voix, que vous êtes d'accord pour qu'on retourne encore dans la souffrance, pour faire trente chambres, quarante chambres, cinquante chambres par jour, pour qu'on soit malades, pour qu'on détruise nos corps et nos vies.

Face à son cri, leurs faces pâles ressemblent à des masques de kaolin. L'inspecteur du travail tremble, son œil est aux aguets, ses bras sont agités, prêts à saisir Rita au cas où, dans un accès de rage hystérisé, elle se jetterait sur ses supérieurs. Mais non, la réunion se termine ici. Sur de timides sourires lâchés. Les bruits de gorge de Flona trahissent le mépris qu'on est en droit d'exposer. Le leur se cache encore mieux. Ladite substance fait tourner les rouages de l'ingénierie économique qu'ils servent. Ils n'ont pas besoin de crier comme à l'époque : « Retournez au boulot les négresses ! » Cette ingénierie le fait déjà pour eux. Grâce à elle, ils sont soulagés, sans le savoir, n'ont même pas à penser à ce genre de sales choses.

Flona répète que c'est pas fini. Elles reviendront. La lutte continue.

Rita est encore essoufflée par son cri. Son téléphone continue de vibrer. Enfin elle décroche, semble comme figée un moment, puis sent ses joues brûler. Une à une, des gouttes grises s'écrasent sur la table, doucement, sa main libre est tirée par Flona. Son étrange regard la fixe. Le téléphone tombe sèchement. Dedans, la voix continue à parler. À côté, Flona demande : « Ma sœur Rita, Rita ma sœur, pourquoi tu pleures ? »

42.

Des néons rouges et fulgurants s'éteignent brusquement. Quatre garçons sortent de la voiture. Dans une ruelle, une dizaine d'autres semblent les attendre. L'homme marche à pas timides, ses yeux sont attirés vers la scène.

Les quatre ne se démontent pas, ils s'enfoncent dans ce qui est en fait une impasse sombre et pavée. Les garçons en face gueulent quand ils les voient approcher. L'un des adolescents se détache nettement des quatre autres. Il semble être leur leader. Par le gabarit, il n'est pas le plus impressionnant, mais ses gestes sont pleins de certitude. Il avance encore de quelques pas alors que ses trois acolytes attendent derrière lui. Il tient un objet, qu'il balance nonchalamment vers la dizaine de garçons. Une chaise, peut-être, oui, une chaise de camping pliée. La dizaine de garçons semblent essuyer ce jet de chaise comme un affront. Ils gueulent. Après avoir échangé quelques mots avec eux, le leader ramasse la chaise et l'accote à un potelet.

Parmi ceux d'en face, un des garçons a sa tête entre les mains. Il saigne du visage. Des larmes de sang ont tatoué ses joues. Les garçons des deux côtés semblent échanger des mots, comme des pourparlers. Le leader des quatre enlève sa casquette, dévoilant des cheveux teints en blond, et la met dans sa sacoche qu'il ferme soigneusement.

Tous les garçons se rapprochent. Ils forment un cercle incohérent dans cette impasse qui leur en laisse à peine la place. Le garçon au visage ensanglanté semble connaître les quatre garçons. Il les rejoint.

Au milieu du cercle, le peroxydé est laissé en face d'un colosse, façon duel. David contre Goliath. C'est largement déséquilibré. Ce gars fait au moins deux têtes de plus que le blond, dont la tête pourrait aisément tenir dans l'une de ses grandes mains. Il doit aussi peser une bonne quarantaine de kilos en plus. Et pourtant, les deux garçons s'apprêtent à en découdre. À travers ce cercle désuni, l'homme voit encore un peu. Pointe du pied droit devant. Pied gauche derrière, légèrement décalé. Menton baissé. Le blond a des gestes de boxeur. Il commence à danser sur place. Gauche. Droite. Droite. Gauche. Le buste se prépare à esquiver. Il remonte ses mains au niveau des pommettes. Puis déploie son bras le plus avancé, le droit, comme une liane dans l'air. Ses phalanges traversent le vent, il utilise cette main pour marquer la distance avec le costaud qui regarde ça d'un drôle d'air. À chaque fois qu'il déploie son bras, il avance de quelques pas imperceptibles pour qui n'a pas l'œil. « Si, si, Bruce Lee ! », dit une voix sortant du cercle. Le costaud, poing en avant, fonce sur le blond. « RC ! RC ! RC ! RC... » Autour, les garçons donnent de la voix. Le blond esquive en pivotant sur son pied avancé. Il se retrouve face au large dos du gros. Qui se retourne en souriant de son air abruti. Il fonce à nouveau vers le peroxydé. Ce dernier esquive son poing en engageant son épaule à droite. Puis bondit en arrière. Ses yeux sont ceux de quelqu'un qui réfléchit. Le gros est essoufflé, sa poitrine rebondit, il respire la bouche grande ouverte. Le blond est repoussé vers son adversaire par les mains hostiles du cercle autour de lui. Il enchaîne alors deux coups de poing au visage donnés assez lentement, et un autre fouetté, plus rapide, un crochet du gauche au ventre. Il recule de nouveau. Les coups sont sans effets sur le colosse qui secoue la tête, puis soudain, comme si la douleur avait pris tout son temps pour se diffuser, il appuie ses deux mains sur le côté droit de son ventre. Le crochet a dévasté son foie. Le gros pose un genou à terre.

D'un coup, le cercle explose. Une gifle. Un chassé. Une balayette. Les coups pleuvent. L'homme est figé, apeuré par cette violence, moins par son déploiement que parce qu'il ne la comprend pas. Pourquoi ces garçons qui se ressemblent tant se battent entre eux ? Ils tapent et tapent comme sur des miroirs qu'ils tenteraient de briser pour ne plus les voir. Ils semblent se venger de quelque chose. Le dernier geste possible, avant de le retourner contre soi-même.

Ça n'a pas le temps d'aller plus loin. Un des garçons s'effondre, percé par la lame d'un couteau. Son T-shirt blanc s'imbibe de rouge. Quand sa tête frappe un potelet, puis le bitume, la plupart des adolescents ont déjà détalé. Seuls quatre restent autour de lui. Le blond semble affolé. Il aperçoit l'homme à l'entrée de l'impasse. D'un geste de la main, un appel à l'aide, il lui dit de venir. L'homme essaie de quitter sa torpeur, et se rapproche lentement. Il dégaine son téléphone, appelle les secours.

— Tu dis quoi, Christian ? demande le peroxydé.

— J'ai froid, il répond d'une faible voix.

Le garçon enlève son T-shirt, le déchire et le pose sur le torse de Christian. D'un regard, il fait comprendre aux autres de faire de même. Le sang de Christian continue d'abreuver le bitume. Autour de lui, ses copains, bras croisés, torses dénudés, attendent. Au loin, c'est une sirène qu'on entend pleurer.

43.

Elles avancent de leurs pas comme une envoûtante danse d'encens vers son corps. Leurs odeurs l'enveloppent. Il est mort, et leurs rêves avec lui. C'était leurs fils à toutes, elles l'entourent, et le portent encore. Elles verseraient à terre leurs prochaines gouttes pour lui. Tiens, bois, mon fils. Le ciel est noir, miroir du sous-sol. On piétine d'un pied majestueux les trottoirs esquintés. Baissées comme baissées le petit est sur nos cous. Le vent s'emmêle, tourbillonne, chaud, comme Harmattan. D'autres zieutent ça, zut, c'était notre fils aussi, elles s'apportent, et le portent aussi sur leurs cous comme une calebasse au fond luisant de karité, pis, le dos est trop gâté. On marche, un pied après l'autre, poussées par Harmattan. Dans la nuit noir-bleu, on voit l'eau sale-verte. Une regarde. Toutes regardent. Tu connais ça. On connaît ça. Dans les lacs de salive du pays fatigué, nos reflets fiers et scintillants, rêves et réveils délicieux jusqu'aux kérékékés, mutées en coq du matin qui attend, et déplumé qui pleure de Tchamba en Tchamba. L'eau sale-verte fait fuir comme ça. Le long corps de Dossier continue de glisser et de sautiller sur leurs cous. Dieu seul voit ses lèvres bouger. D'autres arrivent encore en courant pour l'entourer. Vu la noirceur étoilée du ciel, ils devraient être en train d'rêver, d'baver, d'pisser, d'roupiller, mais non ils sont là. Des petites jambes, des bras pendants, et leurs joues gonflées. Ils portent à distance, avancent moins fluides que les grandes femmes. Ils aimeraient mettre leurs petites mains dans les leurs. Accompagnent le chant de sons aigus d'une langue inconnue, bâtarde, d'ici, de là-bas, pour des générations encore, ils ne sauront que celle-là. L'air chaud fait chuchoter ces arbres géants. Ils voudraient fouetter avec leurs branches. Ils donnent des ordres qu'on n'entend pas. Le funèbre cortège avance alors vers les géants gris. Leurs lumières jaunâtres s'éteignent, des garçons casquettés descendent de leurs ventres vergeturés. Leurs doigts s'écartent dans l'air, tentent d'agripper CHR. Il est trop haut. Ils regardent de loin le corps de Christian, partagés entre affres et jalousie. Ils voudraient être aimés comme lui par ces femmes, mais ne voudraient pas s'en aller ainsi. Le funèbre cortège laisse échapper des gris fluides.

Le bitume se fait plus noir, plus uni, éclairé d'une lumière cruelle. Elles avancent jusque-là, bravant les interdits. Passé cette frontière de soi-disant propreté, les garçons casquettés ralentissent, réfléchissent, torses toujours bombés. Les mamans ne les attendent pas, le corps de leur fils doit arriver. Le beau maul se désagrège, le puissant vent fait s'envoler les casquettes. Ils retournent sur leurs pas de sélachimorphes. Les bouts de chou suivent toujours le corps de Christian. Ô CHR, mon frère… Dans leur dialecte de souvenirs poussiéreux, ils en chanteront une légende tragique avec les accents de la street. Puis leurs tympans en développement leur ordonnent de s'inquiéter. Ils froncent les sourcils, ont un peu plus peur du noir qui s'en va. Leurs cheveux sont mouillés, alors qu'il ne pleut pas. Le chant des mamans ressemble à des pleurs rassemblés. À moins que ce ne soient des gémissements, et la sueur. Non, non, c'est bien ça. Des épaules qui sursautent, des cous qui tressautent, des nez qui pleurent, et Christian qui toujours sautille.

Le ciel se découvre. Les bassins tonitruants continuent d'avancer malgré leurs larmes. Continuent à s'opposer aux fausses frontières empêchant les corps et les âmes. Les femmes poussent poussées par le cortège d'une histoire qui traverse les corps. Celle aussi de l'indépendance, d'une liberté illusoire, toujours à grignoter. C'est ce vent chaud qu'elles ont recréé ici même. Christian arrive au bout de sa courte nuit d'ivresse. Lui aussi se met à chanter de sa voix tout juste muée. C'est ce matin que je rentre : suant, puant, titubant. Apercevant la même foule qui m'observe au son des vieux tambours appâtant ma fin. Chaque tap-tap-tap dessus fait atchoumer dans des nuages de poussière rouge. Sens distendus, temps dilaté, je rentre, chez elles, chez Lui, chez moi, chez eux. C'est le matin qui m'accuse, le matin qui se moque, le matin comme une mère qui m'attend, et m'en veut, me reprochant ma bêtise une dernière fois. Elles sourient. Les femmes ressentent ses chatouilles sur leurs cous.

À force d'aller et venir dans le gris, le vert était devenu fantasmagorie. C'est là qu'elles se rendent. Elles avancent à la queue leu leu, leurs pieds écrasent les brindilles et la terre, elles préfèrent slalomer entre les arbres plutôt qu'emprunter le chemin tracé par les hommes. Elles se baissent pour esquiver une branche ou en écartent une autre pour la suiveuse. Équilibre à trouver, pour pas laisser tomber le fils. Elles caressent l'écorce liégeuse, zieutent un tronc bifide, et s'arrêtent enfin devant l'arbre géant arrosé d'un soleil jeune comme leur fils. Elles déposent Christian au pied du grand frêne au tronc veiné, aux embranchements séculaires. Elles creusent avec leurs ongles, enterrent leur fils, et s'en vont sans se retourner.

44.

Rita a beaucoup vieilli en l'espace de quelques jours. Sa peau s'est couverte de taches foncées, parsemant son cou, ses bras, son ventre. Elle passe la plupart de son temps allongée dans son lit, celui de Christian, ou sur le canapé du salon. Elle préfère rester seule. N'avoir, avec elle, aucun témoin du mauvais temps qui passe. Ça tombe bien, Loïc a repris le chemin de l'école. Elle ricane bêtement quand il y va. Après, son téléphone vibre encore. Des appels. Des messages. Les gréveuses veulent qu'elle revienne. Leur lutte continue. Un autre message. Le club de foot envoie des mots se voulant réconfortants et ajoute que bien sûr son chèque ne sera pas encaissé. Rita ne répond pas. Elle tourne dans l'appartement avant d'aller s'allonger. Elle ferme les paupières, mais ne dort pas. Les cernes sous ses yeux se creusent, des veines nerveuses apparaissent à leur surface.

À gauche. Plus bas. À droite. Plus haut. Elle danse dans l'humidité de draps non changés depuis un moment. Elle s'y est habituée, espère trouver dans le vieux coton une photo de lui aussi fine que fuyante, entourée de son parfum. Elle renifle la bonne odeur de sueur émanant de son matelas. Puis bondit hors du lit de Christian, et continue de piétiner dans l'appartement, s'arrête devant les toilettes, c'est là qu'elle garde les Advil et les Doliprane qui effacent ses genoux pour un temps, les membres sont toujours douloureux, mais elle a peur de prendre ces médicaments sans plus s'arrêter. Alors, elle laisse la douleur lui faire mal. Loïc a encore besoin de la force qui lui reste. Elle passe les toilettes, et va s'allonger dans le canapé du salon.

La bible qui n'a pas su le protéger prend la poussière quelque part depuis des jours. Aujourd'hui non plus, elle n'a pas à cœur de la chercher. Dans le canapé, elle se débat, sa peau est gênée, collée par le faux cuir. Le râle de sa respiration résonne comme une mélodie grinçante et sourde dans l'appartement. Christian n'est pas en paix. Déjà les premiers jours de septembre, et on ne peut même pas l'enterrer. La police dit que son corps n'est plus son corps, mais une preuve, alors il faut attendre que la preuve serve leur enquête. La trace rouge est encore là où Christian est tombé. Du rouge avalé goulûment par les fissures, multiples gueules du bitume abîmé. Leur machine briquera fort, mais le sang de son fils sera pour toujours incrusté dans ce bitume. Le sang de son sang déjà piétiné. Sur leurs photos, la trace rouge avait la forme d'un fœtus. Parti bébé, comme il était arrivé. Elle a vu, là, tous les visages de son fils, les changements scrutés depuis la basse enfance jusqu'à la courte adolescence. Une sensation agréable succède à ces images.

Les vieilles jambes sont plongées jusqu'aux genoux dans une lagune aux rebords ouatés. Ce sont de jeunes mains, fines, délicates, mais fermes qui palpent. Effleurement des orteils, chatouilles sous le pied, baiser aux calcanéums, grattage du tibia, secouement du mollet gras, souffle glacé sur la rotule enflammée. Tantôt ses pouces, tantôt sa bouche, tantôt ses ongles. Le massage est lentement répété sur chaque jambe. La mort, portée en elle, régénère la vie. Au bout d'un moment, le masseur prend forme. C'est le dessin d'un jeune homme gris qu'elle voit s'activer sur ses vieilles jambes. Une longue silhouette grise, comme recouverte de cendres ou de grains de poussière. D'une poussière cotonneuse qui enveloppe ses pieds. À partir d'aujourd'hui, on dira gris : des idées grises, des jours gris, d'humeur grise, comme les cendres et la poussière, gris c'est bien plus triste que noir noir noir répété à l'envi. Et sa silhouette grise comme poussiéreuse demande : « Pourquoi on est pauvres ? »

Dans un réflexe peureux, Rita retire ses pieds. C'est lancé, non avec le ton grave de l'accusation, mais celui, fluet, d'une curiosité complète, naïve, d'enfant encore. Comme si la pauvreté était une lame déguisée, aiguisée et tranchante. Rita n'entend plus que la musique accusatrice. Sa pauvreté a coulé sur lui. Les femmes pauvres sont tuées doucement, patiemment, petitement, de chambre en chambre. Les garçons pauvres, mon fils, Christian, sont tués dehors, plus fort, plus vite, si ce n'est leurs corps, ce sont leurs rêves comme leurs illusions. Celui qui l'a tué s'est tué lui aussi. Les garçons pauvres tombent et meurent en premier. Leurs mères sont là pour les regarder. Contempler leur œuvre vaincue, y trouver de la beauté toujours. Elles doivent endurer toutes les morts, c'est leur sort. C'est Dieu qui décide. C'est Dieu qui donne. C'est la volonté de Dieu, mon fils chéri.

45.

Diva n'arrive pas à poser ses yeux sur elle. Dans la pièce, les deux femmes sont silencieuses, ce sont leurs corps qui parlent. Rita est encore couchée, paupières closes, face contre plafond, mains jointes, le sifflement sourd de sa respiration hachurant l'air, les légers rebondissements de son ventre indiquent qu'elle est encore parmi nous. Le souffle rauque de Diva raconte une bataille livrée en elle-même, une lutte pour maîtriser sa respiration, étouffer ses gémissements, réprimer des larmes qui glisseront bientôt. Comme pour noyer tout ça, Diva avale brusquement son verre d'eau.

Rita lui a ouvert sa porte, offert de se servir à boire elle-même, et de manger le peu qu'elle trouvera. Puis est retournée s'enfoncer dans le canapé. Diva s'est installée sur une chaise lui faisant face.

Le verre est vide. Rita entend ses doigts hésitants tapoter sur une couverture cartonnée, puis le bruit particulier, susurrant, craquelant, du fin papier bible tourné, Diva est à la recherche d'une prière. Hésiter entre ces pages est peut-être sa manière de l'annoncer. Elle l'entend encore bégayer dans son dos, des lèvres qui se décollent, se recollent, puis de nouveau le silence.

— Qu'est-ce que tu veux ? demande Rita en tournant méchamment la tête vers Diva.

Diva aimerait l'accompagner dans son deuil, où qu'elle soit. Son corps, ses yeux secs, comme s'ils avaient déjà pleuré toutes leurs larmes, sont là, devant elle, mais elle est si loin. À traverser sa forêt, toujours à la recherche du fils, à pousser soigneusement les branches pour ne pas marquer son chemin aux suiveuses qui aimeraient l'accompagner. Rita arpente tous les pans d'une forêt aux arbres maigres. Ce n'est pas une petite forêt. C'est une forêt froide, grise, où le ciel souille et ombrage encore des couleurs difficiles à distinguer. Sûrement du gris, du violet, et le vert-gris de ces formes longues et rampantes faisant craquer les feuilles sèches du parterre. La sécheresse est sonore aussi. Son oreille supplie l'écho suave et coulant d'un ruisseau. Rien. Derrière les branches sans tronc, elle aperçoit le fils. Derrière les troncs sans branches, elle devine le fils. Et quand elle se rapproche, il disparaît. Les troncs ne cachent rien, les branches ne cachent rien, reste alors à génuflexer, et explorer la terre : la germination, la poussière, les racines sèches. Le gros du travail. Elle seule sait jusqu'où elle est prête à creuser pour retrouver son fils ou le laisser partir.

— Prie avec moi, dit Diva, d'une voix désolée d'être présente.

Rita entend ce timide piaillement. Et se met sur le flanc, lui présentant son dos. Elle écoute sa prière comme une chanson chantée dans une autre langue, ne distingue même plus les mots entre eux. Ce n'est pas mauvais. La voix grave de Diva rappelle quelque chose de lointain et déraciné, creusant un sillon frère dans son chagrin. Elle laisse le chant l'accompagner dans son travail, dans sa forêt. Rita charge ses poumons d'air frais, inspire, expire, plus calmement, essaie d'émettre une respiration harmonieuse pour encourager Diva à continuer.

Qu'y a-t-il tout en bas ? Elle n'a qu'un seul moyen de le découvrir. Sous la voix de Diva, elle retourne y plonger les mains. Au bout d'un moment dont elle ne sait évaluer la durée, Rita s'aperçoit que Diva chante vraiment, chante vraiment dans une langue qu'elle ne connaît pas. Elle se demande si elle avait commencé avant, ou si ses encouragements l'ont mise sur cette voie. Elle est toujours dans sa forêt, il lui reste encore beaucoup à creuser. Les avant-bras sont raides parce que désespérés, elle s'arrête un moment. Elle a alors l'idée de regarder au-dessus de son épaule, ne voit rien, puis palpe son vieux dos, et sent sous ses ongles gris et poussiéreux une forme chaude et gondolée, le dos de quelqu'un d'autre, celui de son fils. Elle tente de défaire son pagne noué jusqu'aux épaules, et de saisir son fils, n'y arrive pas. Elle est piégée, il est piégé si près, si loin, dans le pire endroit de cette horrible forêt, d'où elle ne pourra plus jamais le voir, ni le protéger, son dos, cible ouverte aux bourrasques, aux rampants vert-gris. Elle se concentre sur lui, essaie de ressentir ses moindres effleurements. Après un moment, Diva s'arrête, et le silence revient révéler l'inquiétude de leurs respirations.

Sa gorge sèche lui rappelle que, tout à l'heure, elle a vu le verre d'eau fraîche que Diva avait posé sur la table basse pour elle, en face du canapé, en arrivant. Elle pense à cette eau douce à portée de lèvres, qui glisserait dans sa gorge, rafraîchirait son ventre, calmerait sa tête. Mais boire ce verre d'eau goulûment, ce serait aussi quitter sa recherche, ses embranchements gris, sa forêt intérieure, ce serait aussi s'avouer à elle-même qu'elle a moins besoin de solitude qu'elle ne le croit. Que Diva l'aide à lutter par sa présence sincère et simple : de l'eau et des chants. Rita se retourne, et attrape le verre. « Merci. » Quand elle dit ça, elle s'aperçoit que Diva n'arrive pas à regarder trop longtemps ses traits, son visage.

Diva, il y a peu pleine d'ambition, ne voulait pas de cette grève. Où serait-elle maintenant sans la grève ? À faire un peu mieux ailleurs comme gouvernante ? Diva est encore habitée par cette euphorie mystérieuse, son état de lutte. Le silence dure mieux que tout à l'heure, un silence paisible, suffocant et toujours saccadé, mais elles l'acceptent tranquillement, comme si plusieurs des lourdes portes d'intimité les séparant étaient tombées en quelques instants, les rapprochant l'une de l'autre, l'autre qui n'est pas nous-même, mais qui l'est devenue un peu. Les yeux de Diva restent maintenant posés sur Rita. Rita voit que Diva a surtout peur de perdre un membre, comme elle, de sentir des années plus tard son corps lui aussi tué par le travail, comme Aminata. C'est un mélange de tout ça que montre sa figure. Il danse son visage, une chorégraphie triste, dont les larmes jaillissent enfin. L'effroi défigure : les yeux plissés, le front sillonné, les joues grises, les narines dilatées, les lèvres gonflées. L'effroi a fait sien son visage clair.

Après ce moment de partage, Diva s'en va. Elle précise qu'elle reviendra.

46.

Rita ne rêve plus. Elle dort mal. Elle est gênée dans sa recherche. Paupières fermées, sa forêt est embrumée, elle n'arrive plus à se concentrer. Le sol gris et poussiéreux a durci, et semble comme goudronné, elle n'y plonge plus les mains. Elle n'a accès à sa forêt grise que quelques instants, ferme les yeux, essaie et réessaie d'arpenter ce monde, mais n'y arrive plus. Elle en suçote ce qu'elle peut, comme une dernière goutte d'eau se refusant à sa langue. Désespérée, elle se lève, et tourne dans l'appartement.

Elle mange de ces choses trop rapides à préparer. Aujourd'hui, une omelette saupoudrée de *gari*, la mère est distraite, l'omelette arrive jusqu'à elle par son odeur de brûlé. Les bruits de robinets encore ouverts la font sursauter. Ces lumières toujours allumées la surprennent sur son passage. Elle doute, se demande si quelqu'un d'autre est avec elle. Commence à trembler devant les sons et les ombres se déformant, s'allongeant sur les sols, les murs de l'appartement.

Dehors, les feuilles tombent, et dénudent les arbres, septembre avance sans elle. Rita ne sait pas comment elle va faire. L'autre jour, Diva lui a laissé le chèque de la caisse de grève. C'est moitié moins que ce qu'elle touchait avant, avec le syndicat d'Amado. Alors quand Rita se promène dans l'appartement, elle cherche. Ses quelques bijoux. Son alliance est toujours là. Rita essaie de la passer autour de son doigt, n'y arrive pas. Le métal doré ne dépasse plus la deuxième phalange. Non, elle n'en tirera pas grand-chose de toute façon. Il faudra tout stopper, s'oublier, les abandonner, et retourner travailler. Tout ce chemin pour rien.

Les femmes sont toujours au pied de l'Inside, elle sent que quelque chose a changé. Rita reçoit leurs photos, leurs vidéos via WhatsApp, mais ce n'est plus comme avant devant l'hôtel. Quand elle regarde celles-ci, des douleurs la possèdent. Son ventre est assailli de spasmes, violentes griffures, sa poitrine semble sous le pouce d'un géant qui appuie, et qui appuie, ses bras sont lourds, immobiles comme attachés, enfin ses lombaires ont été transpercées. Le bas du dos, jonction des corps, cœur de la vieille mécanique, provoque un gémissement à chaque pas, ou un serrage de dents quand elle tente de se baisser. Rita s'enfonce dans son canapé, et revoit les images reçues, réécoute les chants entendus, ses douleurs s'intensifient. Elle essaie de ne plus y penser, de retourner dans sa grise forêt, un tronc maigre, une feuille assoiffée, puis rien, elle reste introuvable. Elle ne comprend pas d'où viennent ces douleurs, ni ce qui a véritablement changé devant l'Inside. Les deux sont-ils liés ? La réponse est pourtant sous ses yeux, mais elle ne la voit pas. Peut-être qu'il ne faut pas seulement regarder ou écouter pour comprendre ? Peut-être que ce n'est pas le bon mot, « comprendre » ? Ce soir-là, elle veut oublier ce qu'elle voit dans son téléphone, se lève, et tente de dominer ses douleurs en faisant quelques pas. Vaincue par ses maux, elle retourne vite s'enfoncer dans le canapé.

Une clef grince dans la porte d'entrée. Ça la fait presque sursauter. Elle est sur ses gardes, ses doigts griffent le faux cuir du canapé. C'est Loïc qui rentre. Le petit est intimidé par les silences de maman. Il lui tourne autour, et voit la douleur cachée en dessous de ses dents serrées, de ses yeux fermés, de ses soupirs mal réprimés. Loïc s'en va ailleurs pour ne plus voir ça. Elle l'entend verser du lait dans la cuisine. Puis, elle l'écoute ouvrir sa trousse dans la chambre, et froisser quelques papiers. Il fait ses devoirs sans qu'elle ait besoin de lui demander. C'est calme et paisible, comme les pages tournées d'un manuel. Le petit allège la tâche à maman. Quand il a terminé, Loïc revient tourner autour de sa mère. Il se pose à côté d'elle, puis d'un coup vient s'imposer sur ses genoux. Les fesses attirées par les cuisses épaisses comme le moelleux d'un fauteuil. Rita veut l'en empêcher, mais trop tard, le petit est trop vif, il est posé. Elle serre les dents pour appréhender la douleur à venir. La chaleur de son petit dos est contre celle de son ventre vergeturé. Rita ferme les yeux, et le petit garçon pénètre dans ce ventre.

C'est Christian qui s'éteint dans son corps scellé comme un tombeau. Les douleurs se calment, et elle ressent mieux ce corps-objet, le cycle de leurs vies. Le cœur de Christian bat sereinement en dessous du sien. Ventre-berceau, seins-fontaines, bras-outils, dos-lit, et bientôt ventre-tombeau.

Hélas, elle ne pourra plus l'accueillir en elle. Elle reconnaît ces douleurs, celles d'un membre fantôme, fruit arraché de ses entrailles. La mère et le fils restent, un long moment, enlacés, dans leur symbiose. Jusqu'à ce que des larmes viennent caresser le crâne de Loïc. Le petit se tord le cou, regarde au-dessus, et voit des perles grises briller, s'échapper des coins d'yeux fermés. Il veut demander quelque chose, mais s'arrête en cours de route comme si une main de garçon long et maigre venait de se poser sur ses lèvres. Loïc quitte les genoux de maman.

Rita essaie de retourner dans sa forêt, d'aller le chercher, mais ses pensées sont toujours percutées par ces photos, ces vidéos, ces chants, ce qui se passe devant l'hôtel. Ces images ravivent violemment ses sens oubliés, lui rappellent sa partie à jamais manquante.

47.

Des grandes, des carrées, des minuscules, des découpées, et des rectangulaires. Rita est enfoncée dans le canapé à fixer ces photos dispersées sur sa table basse. Toutes portent le jeune visage de Christian. Des photos d'identité, des photos juste après l'accouchement, des photos à la maison, des photos scolaires surtout, avec ses classes, seul, ou avec Loïc, certaines sont dans des cadres ou plastifiées, la plupart ne le sont pas. Plus Rita les regarde, plus Rita sait. Ces photos verront leurs bords jaunir, leur corps corné, froissé, enflé, travaillé par l'humidité et les années, mais dessus Christian restera jeune, son beau visage emprisonné pour toujours dans sa fausse jeunesse.

Rita ne sait pas laquelle choisir pour la cérémonie. Après ces trois semaines, l'hôpital l'a appelée, ils ont enfin terminé le travail sur son corps-preuve, on peut l'enterrer. Alors Rita choisit une photo, le dernier visage que verront ceux qui viendront lors de ses funérailles à l'église. Un visage plus jeune encore que son dernier et véritable visage. 11, 14, 12, 13 peut-être ? Rita essaie de deviner son âge sur ces images qui l'absorbent. Sur aucune d'entre elles, il n'a encore 15 ans, son dernier âge.

Dans une pièce aux murs gris, Rita pose encore ses yeux sur Christian. Des yeux lourds, étonnés, qui contemplent, gênent le fils qui, se sentant épié, demande d'une voix plaintive, et tout juste muée : « Quoi ? » Elle avait ses raisons, croit-elle maintenant, ces regards vites, succincts, volés comme de mauvaises photos, c'était pour perdre le moins de miettes de leur trop court moment ensemble.

Je t'avais dit. Si tu m'avais écoutée. Non, tu es grand garçon, tu peux être dehors. Tu ne voulais plus être enfermé ici. Si tu m'avais écoutée, tu serais encore ici. Regarde dehors, c'est dehors que tu étais enfermé, fils. Je t'avais dit. Rita est avalée par le cuir mou du canapé, yeux fermés, elle n'arrive plus à retourner dans son bois gris, a presque abandonné. Elle est encore en face de ces photos prises à la clinique, un ou deux jours après l'accouchement de son premier-né. Elle le porte, le câline, entend toujours une vie puissante résonner en lui. Des pleurs, des cris, et son cœur, miracle qui bat dans sa paume. Mais l'image est terne, comme brouillée, mère et fils sont cachés derrière une grise brume, dessinant mal les contours d'un spectre. Rita entend encore ses susurrements diaboliques. Christian tomberait la tête la première contre les carreaux durs de la maternité, alors que non non, il était bien gardé dans ses bras moelleux, ou posé la joue contre son sein. Le spectre déambulait, chuchotait, la suivait et Rita déjà pensait comment réagir pour éviter le pire à venir, comme ce boxeur qui rêve des coups à parer, à esquiver. Le fils quittera vite les pagnes de sa mère, et elle continuera d'entendre ces susurrements mauvais. Dès sa naissance, sa propre vie était devenue plus précieuse, parce qu'elle devait protéger la sienne. Une vie en vaut deux. Alors quand meurt celui qu'on a jeté dans ce monde-là, on est déjà coupable, on l'a tué aussi. Les enfants meurent de maladies graves, de carcinomes, de lymphomes, de ce genre de noms mangeurs d'enfants, pour lui c'était une autre, mal nommée pour l'instant. Et elle n'avait pas su l'en guérir, malgré les avertissements diaboliques qui continuent de courir dans sa tête. Ça n'avait pas suffi : ses cris, ses coups, ses menaces, ses ordres donnés, les heures de rentrée, la PlayStation posée là-bas.

Son image épaisse se redessine. Sa voix grave ordonnant, perforant les murs de l'appartement, pour arriver jusqu'à toi. Le mari parti aurait-il été mieux écouté ? À l'époque aurait-elle dû faire plus pour qu'il reste ici ? Ou le laisser revenir dans leurs vies comme il l'avait exigé ? Ces choix étaient là, et reviennent se mêler aux susurrements. Rita revient sur ses pas, et regrette, comme on regrette toujours. Soudain, elle bondit du canapé. Le cri aigu de l'interphone vient traverser le silence de l'appartement et les bruits dans sa tête.

C'est qui ? Un ami de CHR, dit la voix nasillarde. De qui ? Un ami de Christian. C'est pour ? J'dois vous donner quelque chose, madame. Monte, dit Rita en laissant la porte entrebâillée.

Rita retourne s'asseoir, les yeux toujours à hésiter sur ces photos. « J'peux entrer ? », demande la voix depuis l'autre côté. « Viens ici », elle dit. Le garçon entre à pas timides dans la pièce. Casquette dans une main, dans l'autre tremble une grande enveloppe en papier kraft. Le regard de Rita est appelé par des cheveux blonds peroxydés, mais glisse vite vers du rouge, et le blanc des yeux décoloré par la tristesse de ce garçon s'approchant d'elle. C'est Pops.

— Qu'est-ce que tu voulais me donner, mon fils ?

Pops tend son enveloppe, mais ses yeux sont attirés par la petite table en face de Rita. Et le visage de son copain, la pupille roule vite, essaie de se retrouver aux côtés de Christian, dans une des classes qu'ils ont partagées au collège. Là, Christian debout, Pops assis. Rita regarde le fond de l'enveloppe, palpe son contenu, demande, et répète pour faire revenir le garçon, encore déplacé vers ses souvenirs.

— C'est quoi ?
— On s'est cotisés pour Christian, les amis, le quartier, même des coachs, des profs ont donné. C'est pour aider.

Les doigts de Rita frottent ces billets, les tirent de leur enveloppe, les feuillettent comme les pages d'un folioscope pouvant lui révéler une vérité. Son fils était connu, aimé par tant de gens ? En face, Pops est toujours absorbé par les photos.

— J'peux en prendre une ? J'vous la rendrai.
— Prends.

Lui n'hésite pas, il prend une photo de l'école, où Christian est seul, jeune, et montre toutes ses dents, un Christian de 13 ans peut-être. Pops l'attrape et renvoie son sourire à CHR.

— Tu étais avec lui ? demande la mère.

Pops lâche la photo, qui volette et volette avant d'échouer au sol. Il se casse en deux pour la ramasser, et réentend cette question incomplète. Rita ne précise pas, mais Pops sait de quel moment elle parle, comme s'ils n'en avaient passé qu'un ensemble, comme si le dernier était le seul qui ait vraiment compté.

— Oui.

Un lourd silence tombe dans le salon. Une vive lueur transperce un œil, puis l'autre, le silence guide et calme, apprend à l'une qu'elle n'est pas prête à vivre ce moment, à l'autre qu'il n'est pas prêt à le revivre. De mouvements de menton invisibles, d'âmes parlant mieux que des bouches, les deux semblent s'accorder là-dessus.

— Merci de ce que vous faites, dit Pops.
— Merci de quoi ?
— De votre grève, vous nous représentez, madame, CHR devait être fier.

48.

Rita les voit arriver l'une derrière l'autre. La large silhouette d'Aminata débordant derrière celle, plus fine, de Mariama. Elle ne se rappelle plus si elles avaient prévu de se voir. Mais elle ne s'étonne pas non plus de leur présence. Elles pourront l'éclairer sur ce qui se trame devant les portes de l'Inside.

Les deux femmes zieutent les recoins de l'appartement. Ces miettes qu'elles piétinent, ces piscines de restes dans l'évier de la cuisine, ces assiettes pelliculées abandonnées, ce drap gris posé en boule au milieu du canapé, et la poussière. Après quelques faibles protestations, Rita n'a plus la force de répéter les non, c'est bon, elle les laisse faire. Quand Rita s'allonge sur le canapé, l'une part à la cuisine, l'autre retourne dans l'entrée. Paupières fermées, elle reconnaît les déplacements de Grande aux sons irréguliers de ses pas. La chaleur de l'habitude l'enveloppe.

Les pièces sont traversées d'un vent frais agrémenté d'une touche de citron chimique, quand elles ont terminé. Puis, elles vont retrouver Rita au salon. Aminata et Mariama

ce qui compte. Il y a plus de cinquante femmes tous les jours devant l'Inside, et l'hôtel, là, n'accueille même plus de clients, il est vide, il ne tourne plus, ils vont être obligés de faire quelque chose cette fois.

Les deux voix se chevauchent, s'entraînent, celle d'Aminata, limpide, n'hésite pas, celle de Mariama, freine, tâtonne, choisit son mot, change de rythme, peu sûre d'elle, puis réaccélère, renforcée par celle de son aînée. Pour Rita, les deux langues s'emmêlent mal, et ajoutent à sa difficulté de compréhension.

C'est donc le nom du fils qu'elle entend chanté dans ces vidéos, où trop de femmes rugissent, coudoient, brandissent des pancartes marquées du nom de son fils. La lutte a crû, poussé, décuplé. Elle aussi est une forêt. Une forêt luxuriante, tropicale, bien verte, arrosée d'un soleil aussi brutal que sa pluie. Des très hauts, des très bas, mais ça ne s'arrête jamais de croître. Les idées ont poussé en quelques-unes comme des frondaisons anarchiques, et en ont caressé d'autres. Aminata était allée déposer ses graines dans l'Inside, peut-être même sans le savoir elle-même. Où les tentaculaires racines ont creusé d'invisibles tunnels, Grande avait encore fait grandir la lutte, allongé ses troncs turgescents, ses branches, et même nourri sa faune. Au nom du fils. Une forêt regorgeant de vie. Leurs gorges chantent et scandent son nom : *Christian.* C'est ce qu'elle ne comprenait pas jusqu'ici. La mort insufflant tant de vie. Ce sont ces visions des forêts se percutant qui gênaient Rita dans la recherche de son fils mort.

Le silence revenu, Rita se sent délestée d'un poids. Quand ses paupières s'affaissent, elle sait qu'elle est prête à repartir et à trouver.

49.

La rue est blanche de monde, blanche de T-shirts portant le visage de Christian. C'est son visage de 13 ans, plein d'avenir et souriant, celui de la photo emportée par Pops l'autre jour qui y est imprimé en grand. Les gens affleurent, s'effleurent, se poussent, inondent la chaussée sous la menace du deuxième ciel automnal. Les faces sont de toutes les couleurs, et toutes de la même, grise. Les crânes sont couverts ou découverts, de casquettes, de locks, de bérets, de tresses, de foulards, de perruques. La foule silencieuse, comme pensive, l'escorte du cimetière jusqu'au terrain de football sis à quelques encablures de là. D'un point à l'autre, les marcheurs se font maçons, et bâtissent un pont, pas après pas. Pops en est le premier ouvrier et le premier pilier. Menton baissé, il marche en tête, tenant entre ses doigts un grand cadre, derrière la vitre : cette même photo, et le sourire agrandi de son copain.

Sa main fatiguée est tirée plus qu'elle ne tire celle de Loïc, emmêlée dans la sienne. Rita suit au milieu de cette foule blanche, entourée de cent fois son visage, foule blanche et fuyante comme une seule âme. Après un mois à attendre, Christian a été enterré en petit comité, comme Rita voulait, mais elle a accepté de suivre le quartier dans sa marche silencieuse. C'est grâce à sa générosité qu'elle a payé cette tombe, belle pierre plate en granit luisant et bleu, et réglé la concession pour quinze années, la suite on verra après. Elle avance au son de la pulsation incertaine de la foule. Rita est percée par ces lueurs d'yeux, ces gestes, ces vibrations : signes de pitié ? d'admiration ? de peur ? de piété ? Ce sont d'autres dons qu'elle accepte. Des prieuses l'entourent toujours : Aminata, Mariama, Diva avancent à ses côtés. Christian est aussi sur leurs ventres. Dans leurs langues maternelles, elles psalmodient des mots s'envolant vers les cieux. Flona aussi est là. La syndicaliste semble enfermée dans ce T-shirt à l'effigie de Christian, les épais plis de sa chair s'échappent presque du tissu blanc.

Ça a surpris Rita que cette femme qu'elle connaissait si peu soit venue jusqu'ici. Peut-être qu'elles se connaissaient avant cette grève, et avant l'autre, celle d'il y a plus de vingt ans. Peut-être. Subitement, cet œil tordu lui rappelle qu'elles se sont reconnues depuiiiiiiiiis. Dans leurs gestes répétés, à frotter sur les traces des unes des autres, dans leurs croyances, toujours à repousser les vents contraires, elles se sont vues. Dans sa main droite, Flona égraine son chapelet en clignant de son œil valide, avec son crucifix, elle fait des ronds sur le front du Christian dessiné sur son ventre. Mère est notre métier ? Ou bien la lutte nous pourchasse jusque dans les moindres recoins de notre intimité ? À voir Flona, défenseure syndicale, marcher ici à ses côtés, Rita rembobine leur grève comme une lutte contre une mort fragmentée, celle qui éteint notre flamme à menu feu, de chambre en chambre, de droits bafoués en mépris jeté à la face ou mal dissimulé. Elle tremble en regardant le reflet de leur lutte dans le sang de Christian. Ses membres flageolent, au milieu de la foule blanche, Rita est immobile, mais continue d'avancer, ses petits pieds ont cessé de piétiner, ils semblent flotter. Ce vent sucré et piquant, c'est l'odeur de Mariama qui l'enveloppe, le souffle grave qui atténue, encourage, c'est la voix de Diva s'infiltrant dans son oreille, l'épaisse main d'Aminata est aplatie sur son dos, dure et rêche, les couches d'épiderme tuées par le produit, et qui a frotté, pilé, répété. Elles la poussent, la portent. Les prieuses sont toujours autour de Rita.

Elles ont recréé un pays ici, où la langue chantée est celle d'une destinée commune, la peau : celle d'abaissées, nation d'agenouillées par la force ou par la fausse douceur, pays de mères, devenu celui de mères-travailleuses, rieuses et prieuses, qui croient d'une foi inextinguible en ce qu'elles n'ont pas encore vu. C'est une victoire sans preuve que leurs imaginatifs yeux figurent nettement dans un emmêlement de couleurs chatoyantes, jumelles de celles d'un nouveau drapeau.

Sur son chemin, la foule enfle dans le silence des susurrements, des pleurs rentrés, et des pas traînants. Les paupières de Rita toujours tombent plus lourdement que la fois précédente. Désormais, la forêt est d'un gris qui scintille. Elle le voit dans la terre retournée par ses mains épuisées, le sent chaud, chaud à s'agiter, à la faire vibrer de ses rires, de ses ronflements, toujours sur son dos-lit au sommier gâté, à jeter bientôt. Les troncs sillonnés ont l'écorce souple et chaude comme des bras, comme des jambes, et des fluides salés courent dans leurs rainures, comme des larmes de regrets. Il est là et mystérieux, partout à surgir dans l'immensité grise. Une caresse à son oreille. Elle entend enfin l'écho suave et coulant du ruisseau, son eau sculptant, taillant la roche, enfin pas l'eau elle-même, plutôt le cortège de choses qu'elle transporte, des chuchotements de persévérance, des gestes de répétition exténués, ça prendra des années, et même plus, la roche sera sculptée. Rita pousse et pousse pour rouvrir ses paupières, voit du vert, et la multitude de ces visages qui la fixent.

Le terrain de football sur lequel devait jouer Christian cette saison s'agrandit à chaque pas. On y est. Ses pieds retouchent terre. La foule blanche encercle un long lampadaire accueillant dans le stade. Pops y accote le grand portrait de Christian. Dans un silence émaillé de quelques rires, l'évocation de souvenirs ramène le mort ici, on dépose des choses et d'autres près du lampadaire. Ce sont des fleurs : violettes, roses et marguerites jaunes, posées avec malice. C'est un maillot de football bleu et jaune, orné du numéro 4 qui, tel un châle, habille le haut du cadre de la photo. C'est une casquette Nike qui est placée sur un coin de celui-ci. Et un autre garçon, aux pas timides, laisse une feuille portant rimes et mesures, ces dernières, par la magie de l'agencement, sont devenues une poésie à scander. C'est Ro qui se baisse. Il hésite à ramasser sa feuille et rapper son texte, son visage figé dans ces moments qui ne seront jamais plus, et ses lèvres qui tremblotent racontent à la foule qu'il ne peut pas. Un autre jour, joueur comme moqueur, il chambrerait son pote en regardant le ciel, avant d'entonner *CHR*, ce texte en son honneur. Aujourd'hui Ro reste muet.

Au milieu du cercle, la main de Loïc tente de s'échapper de celle de maman étreignant trop fort. Rita regarde croître ce mausolée pièce après pièce, et sait de plus en plus que son chemin n'est pas terminé. La psalmodie des prieuses continue de l'appeler. Elle se voit lutter contre sa mort imposée, où qu'elle soit, encore un peu. Rita veut retourner les rejoindre devant l'Inside.

50.

Les pores de sa peau sont caressés, pénétrés par le feu. C'est chaud et agréable d'abord, puis vite, il brûle sans même la toucher, sa peau avertit, gueule à Rita de s'éloigner de cette source de danger enflammée, mais elle s'en approche encore, son corps est penché au-dessus de l'un des quatre feux allumés de sa vieille cuisinière. Une vapeur de gaz désagréable s'infiltre, picote dans ses narines comme un dernier avertissement qui s'ajoute, maintenant sa joue droite, son oreille plongent dans la grande flamme bleue. Sa peau se tord, gonfle, rapetisse, brûle, fond dans le feu, et elle sourit en imaginant son visage flouté, défiguré, visage qu'elle ne veut plus voir, et surtout qu'elle ne veut plus montrer. La douleur vaut bien cette satisfaction-là. Elle serre les dents, et sort de son bâtiment.

Ses pas traînants la portent dans l'épaisse obscurité. Elle sent ses chairs se désagréger, se balancer sur son visage. Ses semelles continuent à gratter le sol. Le sombre nuance les couleurs, les fait exploser en reflets inquiétants. Le noir-vert d'un fleuve sale et qui coule, le noir-gris d'un trottoir piégeux et esquinté, le noir-rouge d'un bâtiment bientôt écroulé, enfin le noir-marron et la peau de cette femme qui regarde mal et l'attend au bout du long couloir.

Malgré ces mauvais yeux, Rita continue d'avancer dans cette rue sombre et vide, oui oui, la dame-là est la même qu'hier, et qu'avant-hier. Elle s'arrête devant cette petite femme courbée. Quand elle la voit de plus près, Rita se regarde comme une aveugle lisant le braille, du bout de doigts courant sur sa joue, son nez, son oreille. La peau est douce, unie, et régulière, plus de traces des lambeaux de chair pendants et tordus, ni de son oreille recroquevillée, mâchés et recrachés par le feu. Rita recule, et la femme, aux yeux gris eux aussi, avance vers elle, en prononçant sa palabre rituelle : « Ma sœur, c'est moi. »

« Ne m'appelle pas ma sœur », répond Rita dans un réflexe soufflé comme une expiration rageuse. Rita tremble et recule encore, tandis que la femme agrippe ses poignets. Son visage ressemble à celui de la mère du tueur de Christian. En entendant Aminata accuser les grands patrons l'autre jour, Rita avait pensé à celui qui avait tenu l'arme. Mais sa rage n'est pas restée fixée très longtemps sur celui qui a fait ça. Déjà retrouvé et arrêté par la police, il n'y a plus rien à faire, à part attendre le procès.

Ce visage, en face du sien, est celui de la mère de celui qui a fait ça. Miroir de désespoir, aux lèvres redessinées par le silence. Rita retire ses poignets des ongles pointus de cette femme. Et regarde ses propres mains, tremblantes, mains hargneuses, dangereuses et qui pourraient l'être davantage autour des cordes gonflées d'un cou. Désormais, c'est elle qui avance, et c'est cette femme qui recule. À mesure qu'elle s'approche, ses bras durcissent, raidissent comme des bâtons de bambou, mais eux ne serviront même pas à la battre. Rita dépasse la femme. Ses jambes fuient, comme ses pupilles, qui ne veulent plus voir ce visage qui ressemble trop au sien.

Elle dévale la rue sombre comme une pente, celle-ci mène devant l'Inside. Le long bâtiment est léché par une luisance jaunâtre. Triste phare dans la nuit noire. Rita s'installe à ses pieds, active son cou, et scrute l'horizon au bout duquel un trottoir sombre embrasse un ciel sans lune. Rita zieute comme si elle espérait quelqu'un. À l'affût d'une miette lumineuse, du moindre bruit, elle reconnaît, venant du lointain, les voix tressées d'Aminata et Mariama, dans deux langues, résonnant étrangement, comme un cantique scandé dans une église vide. Au son de ces chants, des idées mauvaises dansent dans sa tête. S'ils sont coupables, ils devront payer, la violence versus la violence, le sang payé par le sang. Chant lancé comme un défi à la justice, pas celle d'un tribunal, non non, aucun ne les condamnerait pour ça, alors elles en créent un, où leurs voix rappellent à l'ordre. Oui. *Nos colères sont justes*, chantent les voix. Elle attend devant l'hôtel, prête à délivrer sa sentence aux coupables, et se délivrer d'un peu de sa peine. Ses bras battent l'air, testent leur nouvelle habileté. Ils sont enfin libérés de leurs entraves invisibles. Plus d'histoires de séquestration ou de chemise déchirée pour les grands patrons, bien bien plus que ça même. Pas besoin de souiller ses couteaux de cuisine, non plus. Eux aussi périront sous la force mécanisée de l'outil de travail. Deux des nombreux qui, hier encore, briquaient, obéissaient. Rita attend le directeur de l'Inside, ensuite, elle ira voir les grands grands, au siège de Myriad. Avant d'y passer, ils trembleront dans un trop court moment, verront étalé sur elle le reflet de leur propre mauvaiseté, et attendront la punition dont en vérité ils s'étonnaient qu'elle ne fût pas tombée plus tôt. En attendant, Rita serre ses poings, les desserre, fait craquer ses doigts un à un, puis frotte ses mains comme en d'autres temps elle aurait lustré un fusil.

51.

Elle est dans son lit désordonné, seulement couverte pas une épaisse pellicule de sueur. Rita est réveillée par des douleurs. Les aiguilles s'enfoncent dans les molaires du fond, en haut, en bas, puis ça remonte, et accélère vers les tempes. Reliquat matinal d'une mauvaise nuit de serrage de dents. Elle aimerait crier, mais elle se tait, s'enfonce un coussin dans la bouche pour ne pas réveiller Loïc endormi de l'autre côté du mur gringalet. Rita sue, Rita ressent cette douleur, et se demande si c'est ça l'ombre de la peur, celle de retourner aujourd'hui devant les portes de l'Inside ?

Rita a décidé d'y retourner comme appelée par la rumeur, l'idée avait crû au fil de leurs apparitions chez elle. Les vibrations de leurs voix puissantes et embrasées au-dehors, elle les entend jusqu'ici. Elle repense au nom de Christian qu'elles chantent. Et se demande si Aminata avait raison. Si ce sont eux les coupables. Pourquoi tant de femmes se sont mises derrière cette volonté ? En évoquant la fragilité de ce qu'elles ont de plus précieux, leurs demains, leurs rêves, leurs enfants, Grande les a ralliées à la lutte. Peut-être que le sang de son fils reflète des raisons propres à chacune.

Depuis que Christian a été enterré, elle va chaque jour sur sa tombe, prie devant, après avoir effacé les grains de poussière s'accumulant dessus. À travers la prière, la pierre et le bois, elle revoit le dernier visage de son fils chéri, celui né dans la chambre mortuaire d'un hôpital : nettoyé, parfumé, hydraté, lointain ; beau, ses lèvres suspendues au bord du sourire. Quand Rita ferme les yeux, elle passe des moments avec lui, se rappelle ce qu'il adorait, son rire, trop rare devant elle. Et imagine ce qu'elle ne sait pas de lui. La forêt à parcourir est encore vaste. Tant mieux. Elle n'arrêtera jamais de s'y perdre et de s'y retrouver.

Loïc aussi a vu ce visage radieux. Allongée au milieu des douleurs, elle les revoit tous deux maintenant. Le visage en paix de Christian, et celui défiguré, gris de larmes de Loïc. L'horizon de Rita, ce sont encore ses fils : la quiétude du visage du grand frère, l'inquiétude de celui du petit. L'un rêve en souriant, l'autre espère en pleurant. Elle revêt ces deux visages. C'est de cette force qu'elle choisit de s'emplir pour continuer la lutte. Rita les affrontera apaisés.

Elle bondit du lit. Un comprimé, deux comprimés, les douleurs ne passent toujours pas. Elles griffent autour des yeux, montent jusqu'aux cheveux. Des sillons de sueur glissent des aisselles aux côtes, du front jusqu'au sol. En levant les yeux vers ce ciel d'un sombre bleuté, Rita semble lui demander ce qui lui arrive. Harcelée par ces douleurs-là, elle doute, ira-t-elle avec les femmes ? Elle porte son corps lourd jusque dans la salle de bains. Elle se débat encore sous l'ombre de la peur. Rince son visage, son cou, sa gorge sous l'eau fraîche. Puis ses yeux écarquillés cherchent un objet : derrière le maquillage, sous une perruque, deux perruques, trois perruques, autour des bijoux, des crèmes, rien. Rita essaie de se souvenir de la dernière fois qu'elle l'a utilisé sur lui.

Elle le trouve enfin caché dans un recoin, qu'elle avait pourtant bien bien fixé juste avant, c'est comme si un coquin venait de l'y glisser. D'un geste tremblant, elle met la machine en marche. Bzz. Bzz. Bzz. Sous les vibrations de l'appareil, elle ressent des frissons, et des questions pulsent dans sa tête. En guise de réponse, elle psalmodie des prières qu'elle invente en même temps qu'elle les dit. Quand elle éteint l'appareil, enfin les douleurs s'en vont. Elle se tâte encore pour être sûre, oui, c'est parti.

Rita finit de se laver. Lorsqu'elle sort de la salle de bains, les lueurs d'un ciel gris éclairent maintenant l'appartement. Céréales Nesquik, bol et lait sont posés sur la table. Elle prépare le petit déjeuner de Loïc, avant d'aller le réveiller.

La poussière et le lit sont illuminés d'un rai piquant à travers la porte entrouverte. Sous sa brillance, elle regarde pendant un moment le petit corps remuant, et le souffle de vie le parcourant. Loïc occupe le lit du bas, celui de Christian. Sous ces draps, c'est une chenille qui ronfle, gonfle, dégonfle, et elle voit un papillon dont elle s'imagine déjà dompter les furieux battements d'ailes, mieux que celui d'hier. Quand elle en a trop vu, Rita se décide à ouvrir les persiennes, et les éclats du jour pénètrent méchamment dans la pièce. La lumière violente et blanche traverse les paupières du petit qui se réveille en chignant. Les yeux encore fermés, il supplie maman de le laisser dormir encore un peu. Puis Loïc frotte son petit poing contre chaque œil, regarde maman. « Mais qu'est-ce que t'as fait ? On dirait Christian… » En entendant ça, un souffle de chaleur s'éploie dans son ventre. Rita retourne en vitesse dans la salle de bains, où ses pieds nus écrasent des touffes de poils laineuses. Ses cheveux à elle, et quelques-uns de ceux de Christian, restés sur la lame de la tondeuse depuis la dernière fois qu'elle les lui a coupés.

Ses doigts courent sur le crâne rasé. Face au miroir, elle cherche les traits de son fils aîné sur son propre visage. Soudain, quelques flashs, la nudité du crâne éclaire mieux sa figure, ce nez large et aplati, ces yeux en amande habillés de longs cils, elle revoit un peu de son fils. Des larmes réchauffent ses joues. Rita est étonnée de les voir glisser. Derrière, le visage est immobile, marqué de tristesse, et de sûreté. Quand elle voit ça, elle sait qu'elle est prête à y retourner. D'à côté, elle entend le petit croquer son petit déjeuner.

Allons-y.

Avant d'aller retrouver les femmes, Rita accompagne Loïc à l'école. Au moment de se séparer, le petit garçon baisse les yeux, et dit :

— J'en ai marre de jouer tout seul à la Play, j'ai envie de jouer avec Christian, maman. Est-ce que toi aussi t'as envie d'être avec lui ?

— J'aimerais le rejoindre, mais je n'y vais pas parce que tu es là aussi mon chéri.

Elle l'étreint, lui fait un bisou, et Loïc a presque le réflexe de s'en échapper, il se retient, reste quand même, et son visage face à celui de sa mère, il glousse :

— Mais maman, t'as oublié tes cheveux.

52.

Rita avance vers l'Inside. La place est inondée des derniers rayons de soleil que l'automne a à donner. Il y a trop de monde au pied du gris édifice. Elle ne voit même pas les portes de l'hôtel. Elle s'avance encore, et frôle les chairs, s'infiltre dans la masse des femmes en lutte, elles ne sont plus dix-sept, ni cinquante, pas cent non plus, mais cent cinquante au moins. Dans cette masse, elle s'appuie sur une épaule, contre un dos, repousse une hanche, tourne le cou, et reconnaît leurs visages : Aminata, Diva, Mariama, Flona. Elles sont bien là, plus que jamais entourées de la foule. Elles sont dispersées, en train de raconter, d'interpréter, d'alimenter, de débattre à forte voix, de s'opposer. Elles transmettent leurs messages. Au milieu d'elles, Rita se demande si, sans cheveux, elles la reconnaissent. Elle semblait encore avoir pied, mais désormais son corps est totalement plongé dans la mer de femmes, elle y est chahutée, et vite tirée de ses pensées par d'autres voix, s'élevant vers le ciel en d'ardentes nuées. C'est le nom de son fils qu'elle entend, chanté, entre d'autres mots. Un chant funèbre ?

Un chant victorieux ? La texture des paroles comme celle de leur enveloppe vocale disent les deux. D'autres drapeaux rouge et noir dépassent et volettent au gré du vent de Paris.

Derrière leurs mentons fièrement levés, leurs mouvements certains, Rita décèle aussi des tremblements. Massées, collées, rassemblées par la peur. Elles ont encore peur de perdre, et même gagner serait comme perdre. Car alors elles s'apercevraient de tout ce dont elles avaient été privées jusque-là. Se ruiner moins la santé. Être payées décemment à temps. Leur dignité. On ne ressusciterait pas ces moments à jamais échappés. La victoire devra être ailleurs. La victoire, c'est ce qu'elles vivent à travers leurs luttes, migrations intérieures, ce qu'elles ont vécu sur un territoire qui leur est inaccessible à eux, là où eux ne pourront jamais sanctionner aucune victoire.

Et comme répondant à un signal imperceptible, les corps entrent brutalement en mouvement. Rita essaie de suivre. Ses bras s'enroulent autour de son buste, ses coudes saillent comme jamais, elle pivote sur elle-même. On n'a jamais voulu affronter ces grands patrons. On a lutté pour aller vers nous-mêmes. On est arrivées. Beaucoup des corps sont à contretemps. Les rythmes s'accordent mal. Qu'importe, elles sauvent toujours leur mouvement par un geste inattendu, se cambrent, et continuent, c'est plus souple, plus vite. La mosaïque est multicolore. Du wax éclatant là et là, en orange, rouge, jaune, et vert. Des tresses violettes qui rebondissent. Des larmes grises d'un bébé emballé sur un dos. Les voix se courent après, se chevauchent, se dépassent, s'entremêlent. D'autres, plus timides, hésitent, et enfin se lancent dans la danse. Des petits piétinements vifs, le pied décalé de l'une est remplacé par celui de celle d'à côté. D'amples mouvements de mains traversent les mêmes parcelles d'air et se rejoignent, formant des cercles ovales. Des paumes percutent des paumes. Les corps des unes tentent encore de bouger au rythme frénétique des ombres des autres ; leurs gouttelettes de sueur arrosent les unes, aspergent les autres à chaque déhanchement. Un sein, une cuisse, un ventre sont remoulés dans le vent brûlant. Certains mouvements rappellent leurs positions douloureuses, et provoquent le vrombissement des femmes, frissons de l'autoacclamation. Leurs membres sont des silex prêts à enflammer, provoquant des scintillements à chaque frottement. Elles partagent le même corps pour cimenter la force. Elles partagent le même corps pour diluer la douleur. Soudain, l'indécis soleil frappe si violemment le piquet de grève qu'on ne voit plus que des silhouettes éblouissantes. Autour, on ralentit, on s'arrête, on plisse les yeux pour admirer le chœur en fusion.

Cet ouvrage a été imprimé en septembre 2025
par CPI Brodard & Taupin à La Flèche
pour le compte des éditions Grasset
61, rue des Saints-Pères, 75006 Paris
info@grasset.fr

Composition et mise en pages
Nord Compo à Villeneuve-d'Ascq

PAPIER À BASE DE FIBRES CERTIFIÉES

Grasset s'engage pour l'environnement en réduisant l'empreinte carbone de ses livres. Celle de cet exemplaire est de :
350 g éq. CO_2
Rendez-vous sur www.grasset-durable.fr

N° d'édition : 23686 – N° d'impression : 3062166
Dépôt légal : octobre 2025
Imprimé en France